VENTO VAZIO

MARCELA DANTÉS

Vento Vazio

Companhia Das Letras

Copyright © 2024 by Marcela Dantés

Grafia atualizada segundo o Acordo Ortográfico da Língua Portuguesa de 1990, que entrou em vigor no Brasil em 2009.

Capa
Alceu Chiesorin Nunes

Imagem de capa
Collision Serie, de Sabatina Leccia, 2021. Tinta, linha para bordado e papel de decalque Arches, 69 × 43 cm.

Preparação
Renata Leite

Revisão
Camila Saraiva
Valquíria Della Pozza

Os personagens e as situações desta obra são reais apenas no universo da ficção; não se referem a pessoas e fatos concretos, e não emitem opinião sobre eles.

Dados Internacionais de Catalogação na Publicação (CIP)
(Câmara Brasileira do Livro, SP, Brasil)

Dantés, Marcela
    Vento Vazio / Marcela Dantés. — 1ª ed. — São Paulo :
Companhia das Letras, 2024.

    ISBN 978-85-359-3775-6

    1. Romance brasileiro I. Título.

24-195932   CDD-B869.3

Índice para catálogo sistemático:
1. Romances : Literatura brasileira B869.3

Aline Graziele Benitez – Bibliotecária – CRB-1/3129

Todos os direitos desta edição reservados à
EDITORA SCHWARCZ S.A.
Rua Bandeira Paulista, 702, cj. 32
04532-002 — São Paulo — SP
Telefone: (11) 3707-3500
www.companhiadasletras.com.br
www.blogdacompanhia.com.br
facebook.com/companhiadasletras
instagram.com/companhiadasletras
twitter.com/cialetras

Para minha mãe

ponhamos na boca do vento
o que afinal não temos coragem
de dizer
e esperemos o que se pode
esperar do vento: que levante
saias, brinque com as folhas
e sopre.

Marcelo Labes

All is mere breath.
Tudo é mero sopro.

Eclesiastes, 1,2

Quatro esquinas e nenhuma esperança.

Tudo ali acaba no umbigo do louco.

O LIVRO DO MIGUEL

1.

É uma história boba a minha, é uma vida boba. Sou um velho de quase cem anos e acho que nem tanta coisa assim me aconteceu, só um dia impossível e tudo o que veio depois. Isso já faz mais de vinte anos e a pior parte foi que eu sobrevivi.

Aqui é a Quina da Capivara, é esse o nome de um lugar que talvez nem exista. Um fim de mundo esquisito, porque quase nada acontece, mas também tudo. Porque do lado de dentro, quando a gente mora nessas casas que são tão escondidas, enfiadas nesse paredão de pedra, fica parecendo que não tem mundo lá fora. Porque a pedra, o paredão, eles protegem a gente do outro, mas é a mesma pedra imensa que não deixa o Vento Vazio ir embora e quem é que vai proteger a gente da gente?

O Vazio nunca foi embora, nem vai. O Vazio fica aqui, bem dentrinho das nossas cabeças.

Não sou daqui, mas também não vim de longe. Dois dias de caminhada ali pra baixo já é de onde eu vim e isso não importa, porque eu moro aqui, já tem mais de vinte anos, então mesmo que eu não seja daqui, eu sou um pouco, sim. Minha mãe sempre dizia "Miguel, a gente é onde tá o coração". O meu veio batendo junto comigo, naquela noite, mesmo que muito cansado. Então, eu e ele somos daqui, dessa quina do fim do mundo. Desse lugar estranho de cheiro azedo, desse ninho de gente louca.

Pouca gente é daqui, daqui mesmo. São só oito casas e a venda do Feijão, que é grudada na casa dele. Tem velho muito velho, que sou eu, e tem a bebezinha, e tudo o que existe no meio. Homem, mulher, maluco, a praça, a capela, os cachorros. Tem casal, tem gente órfã, tem pai fugido, tem homem que namora homem. E tem o coelho da Maura, e a doida da Maura. Eu fui ficando, sem perceber, que é o que acontece quando não tem nada prendendo a gente em outro lugar. Eu tinha tudo e, de repente, não tinha nada, um buraco enorme e maldito dentro de mim. Uma voz que gritava e ainda grita na minha cabeça, essa voz que gritava alto porque só ela existia ali, na oficina dele, o diabo. O coisa ruim, danado. O invertido. Demo. Demônio. O cão. Eu não me lembro muito bem do dia que cheguei, ou do dia seguinte ou ainda do outro. E não é porque tenho noventa e cinco anos, não é a idade esquecendo o que já foi, eu ainda tenho cabeça boa e fresca e cheia das memórias que eu quero ter, que é quase nada, quase nenhuma. Eu vou contar, não é porque sou todo velho que esqueci, é só porque o que aconteceu naquela noite e tudo o que veio depois precisava mesmo desaparecer, e desapareceu, menos quando me assombra.

Noventa e seis. Dia desses eu fiz noventa e seis anos.

A pele vai ficando fininha, qualquer coisa é um corte, um sangue. A barba começa a nascer mais devagar, e isso eu nunca achei que pudesse acontecer, mas a cara da gente fica derretida, preguiçosa. Isso e uns fios que ficam caducos, que crescem muito mais rápido que os outros e aí é só desencontro. Eu arranco com a pinça. O que faz parar o sangue de navalha é só flor do cerrado, sempre-viva. Jogada num prato só com o fundinho de álcool, empapadinha. A gente coloca em cima do corte e arde, arde, até que para, a ardura e o sangrar. Um médico, se souber, vai rir tudo o que pode e dizer que não adianta de nada, que é coisa sem fundamento, delírios ou idiotices, e mesmo se ele ver acontecendo na frente dele, no meio da cara, o sangue parando, parando, ele vai dizer que foi coincidência, mas claro que não foi.

Sempre-viva, queria que curasse mais coisa.

2.

Quando cheguei aqui, eles estavam subindo a primeira torre. Foi depois que vieram as outras três, hoje são quatro gigantes e já não servem para um nada, mas ficam ali, enormes feito bicho que já nem existe, para lembrar que tudo morre. Tudo morre, não é? Elas, as torres, servem pra isso, pra me lembrar das coisas. Tudo morre, mas o Miguel ainda tá vivo, é o que todo mundo repete quando passa por aqui, como se eu já estivesse surdo. Eu não estou.

É claro que uma torre dessas, uma torre de vento, um cata-vento imenso e sem cor, é a coisa mais enorme que eu já vi. Eles falavam que todas têm o mesmo tamanho, muito mais de trinta ou cinquenta metros, mas eu sei que a primeira é a maior. Era ela, a grandona, a bitela, que eles estavam subindo e foi a primeira coisa que eu vi quando amanheceu, antes mesmo de saber como eu tinha chegado aqui, nessa Quina da Capivara, antes mesmo de parar de arder. Essa torre enorme, branca e sem serventia foi a primeira coisa que vi quando amanheceu depois do fim do mundo, os olhos queimados de dor e de fogo. Essa torre enorme, a grandona, a bitela, ainda é a primeira coisa que eu vejo todos os dias. Eles deviam era ter levado tudo embora com eles. Se era para desaparecer, melhor fingir que nem nunca existiu, porque dessas torres aqui me lembrando de tudo eu não gosto, não. Essas torres já foram o meu trabalho, a Usina de Ventos, a casa da minha insônia. E agora eu nem sei mais o que são, tudo acabou e ninguém explicou. Essas torres são resto, são passado, e eu também sou um pouco isso, sou antigo. Elas são segredo que atormenta e não me deixa dormir, elas são insônia, as malditas.

A minha vida foi isso: a casa queimou, o velho correu. A Quina se abriu, a Teodora me disse pode ficar, fiquei. Teodora, se fosse viva, seria bem menos velha que eu. Foi ela quem me acolheu nas primeiras noites e se fosse viva eu perguntaria a ela o que foi que eu disse quando cheguei e por que é que ela me aceitou dentro de casa, que não era um hotel nem uma pensão, mas um tipo de pouso para quem estava passando por aqui. Eu não passei, fiquei, troquei de pele feito cobra, engoli veneno meu e dos outros e de novo e de novo. E ainda estou aqui, o veneno também, todinho aqui. A Teodora está mais não, morreu. Era pessoa boa, bonita, você olhava pra ela e tudo brilhava em volta, uma anja santinha que me levava um café doce na cama do quarto dentro da casa dela e trocava todos os dias a faixa de curativo grudenta de mim, que ela colocava em volta da minha cabeça, cheia de pomadas e magias que só ela sabia fazer. Ela nunca teve medo de mim, nem mesmo quando eu tive. Louca, Teodora? O vento que enlouquece gente, vapor ruim, horrível, tá lá na Bíblia, tudo é vento, tudo é vaidade, tudo é maldito feito eu. Se penso na Teodora eu sinto cheiro de café. Louco que cheiro tem?

Foi também a Teodora que me disse, quando eu já estava de volta no meu juízo, que eu devia procurar emprego ali, na Usina de Ventos, que era nova e ia precisar de gente. Era a primeira a saber das coisas todas aqui, a Teodora. A Usina de

Ventos eram aquelas quatro torres e muitas promessas. O ano era mil novecentos e noventa e quatro e pelas contas eu já contava setenta e dois anos, já era velho havia muito tempo, hoje noventa e sete anos.

Mas o que é que eu sabia fazer? A minha vida toda eu trabalhei foi em fazenda, o gado que não vai se endireitar sozinho, e eu. Esse negócio de vento eu nunca vi. Ela disse ninguém viu, é a primeira usina do Brasil inteiro, do mundo eu não sei. Eles precisam é de quem não tem medo de trabalhar, o resto todo mundo aprende. E você é bom, Miguel. Você é bom.

Eu já estava na casa da Teodora fazia mais de quinze dias, eu já quase não doía do fogo e sabia que ela precisava que eu fosse embora mesmo que ela não me dissesse, ela nunca me diria, mas foi por isso que ela disse você é bom. Eu não sou. O que eu passei a ser, mas já não sou também, foi o vigia noturno da Usina de Ventos. Não sei muito o que é que eles faziam ali, as pás girando o dia inteiro, o vento que ventava igual, a usina que guardava tudo e eu, que ganhava um dinheiro novo e todo mundo tava dizendo que esse sim ia valer, que a gente ia conseguir comprar tudo o que precisasse com o dinheiro novo e isso foi bom de saber, não que eu precisasse de muito, mas a Usina de Ventos ia me pagar um salário, fiquei quase feliz. O nome certo é Usina Eolioelétrica Experimental, eu tinha que saber se alguém me perguntasse e depois que você decora aquilo não sai mais de você. Eles não deviam achar que tinha perigo nenhum, nada para proteger, porque colocar um velho feito eu, magro e já não tão bom de enxergar, não é a melhor proteção que se pode ter. Eu tinha mais de setenta anos, já bem longe da meninice e nunca precisei proteger foi nada. Hoje eu tenho noventa e oito anos, quase cem, e isso é muito.

Mas também, quem é que ia roubar o vento guardado ou uma torre de muito mais de trinta metros de altura? Eu ganhei o trabalho porque ninguém se importava. Ou foram os orixás da Teodora, a Teodora inteira, que ela sempre dava um jeito. E agora eu perdi a Teodora, eu perdi o trabalho, eu perdi a usina e eu não sei por quê, ninguém sabe.

3.

Tudo o que eu me lembro da minha infância é dona Lila, a minha mãezinha abençoada, mulher pequena e corajosa. Até hoje sei como é o cheiro dela e já vai fazer oitenta anos que ela morreu, naquele de repente de noite no meio da minha juventude, mas sinto ela aqui comigo como se estivesse viva, arrastando os chinelos de couro pelo chão da cozinha, acendendo o cigarro na boca do fogão e perguntando se eu não queria passar um café para nós dois antes que ficasse tarde demais para tomar café. Era assim que Lila pedia as coisas, perguntando se o outro não queria fazer.

Você não quer ir ali na mercearia pra mim, que acabou o fósforo ou a manteiga ou os dois? Você não quer tirar a roupa lá de fora antes que caia a chuva gorda? Você não quer ficar no meu quarto hoje um pouco de tempo, que esse vento me dói a cabeça e me faz falar alto e eu não gosto de nenhuma das duas coisas? Não pedia muita coisa, de modo que a gente também ia ficando sem querer demais.

Ela tinha uns pés pequenos e faltavam dois dentes assim

bem na frente, um em cima, um em baixo e eu perguntava se ela não ia arrumar e ela ria um riso aberto esburacado e dizia Miguel eu não tenho tempo e com que dinheiro é que eu vou comprar dente e seguia rindo como se tivesse o sorriso mais perfeito do mundo.

Foi no dia que ela morreu que eu comecei a fumar, porque ela deixou aquele tanto de cigarro na primeira gaveta do lado da cama e eu pensei que talvez assim, tragando demorado e puxando tudo pra dentro de mim, talvez assim eu pudesse sentir Lila de novo naquele quarto, naquela casa, mas não funcionou, a fumaça me queimou por dentro e eu me tossi inteiro e foi a tosse que virou soluço e choro e eu gritava acorda por favor acorda, você é tudo o que eu tenho, o que é que vou fazer agora?

O segundo cigarro já não ardeu, e até hoje não arde, até hoje eu gosto de fumar o mesmo que ela, o do pacote com a bola vermelha, que já mudou de nome, mas não de gosto. O cheiro da minha mãe tem um pouco do cheiro desse cigarro, mas também é arruda e alfazema, mesmo quando ela não andava com os galhos atrás da orelha ela tinha cheiro de arruda e alfazema.

Ela não estava doente, não, só fechou o olho e não abriu mais, falou que ia se deitar um pouquinho antes da janta mas que logo voltava. Passou a janta, o pequi esfriou e quase já não cheirava, começou a madrugada, então eu fui lá no quarto só pra ver se estava tudo bem e não é como nos filmes que você precisa colocar a mão no pescoço do morto. Na mesminha hora em que você entra no quarto em que alguém morreu, você já sabe que aquilo aconteceu, eu soube a minha mãe morta e até hoje eu não entendo, eu acho que o corpo parou de funcionar, e ela era jovem, não tinha nem quarenta anos, a mãe de ninguém devia morrer quando se tem catorze anos mas a minha morreu e eu comecei a fumar e ainda hoje, de vez em quando, fico pensando que seria bonito se a gente se sentasse para fumar na varanda daquela casa, cada um com o seu café na outra mão, o dela em copo de vidro porque nunca gostou de xícara, mas também nunca me explicou por quê.

Uma vez ela me disse que meu nome era Miguel porque ele era o melhor santo e que ela tinha feito tudo certo porque eu também era o melhor filho e eu nunca vou me esquecer disso. Nem agora, a vida inteira depois. O engraçado é que a Alma, essa menina que o Paulo deu pra gostar, tem o mesmo cheiro da minha mãe.

4.

Eu lembro o dia certinho que soube que o Paulo tava perdido na menina do Sebastião. O Sebastião Ávila, o dono das terras, o homem mais importante, a gente até tem que encher o peito pra falar o nome dele. Tinha, morreu. Passou ela, no carro dela, uns óculos escuros maiores que a cara, a abelha rainha todinha. Ele tava sentado num banco de três pés, na porta da casa dele, mastigando um galho de flor. Que nem quase todo dia. Eu tava limpando o gramado da Luzia, porque isso foi uma coisa que prometi pra Teodora e é uma coisa que faço toda lua cheia e vou fazer enquanto estiver vivo. No começo a Luzia dizia que não tinha precisão, que eu não me incomodasse, mas já tem tempo que ela não fala nada porque ela sabe que eu vou fazer e ela sabe que eu sou teimoso e sabe também que eu gosto com muito gosto de uma limonada de limão capeta bem gelada e aí ela me traz todas as vezes, mas nem precisava, eu ia fazer de qualquer jeito. Eu cumpro as minhas palavras todas, ainda mais promessa prometida pra Teodora. Eu tava lá do lado da casa dela então vi direitinho, a menina Alma passou mais lenta do que os outros carros passam, mas não tanto para chamar a atenção, eu é que tava olhando mesmo. Passou cantarolando e sorrindo e o Paulo, coitado, quase que caiu do banco, que banco de três pés não é um negócio muito firme e ele também não tava.

Não deu nem muito tempo e o Paulo se levantou e foi andando cheio de dentes na direção do carro e se você olhasse lá no fundo do horizonte dava pra ver que ela tinha parado, tava paradinha esperando por ele, longe da gente que é pra ninguém ficar falando, mas eu tava lá prestando atenção. Essas coincidências. Nem sei quanto tempo fazia que eles estavam de enrosco, mas nesse dia vi o Paulo indo meio dançando e meio vidrado até o carro dela e o carro foi pra cachoeira e nesse dia o Paulo só voltou quando já era de manhã. Foi quando eu soube que ele já tava era perdido de amor, e loucura de amor é do pior tipo que tem, só não é pior que gente doida de vento, mas às vezes é sim.

Não tô fazendo julgamento, não, porque nem conheço bem essa menina Alma, e eu quero mais é que eles sejam felizes, mas eu posso dizer que leva um tempo pra gente ser feliz depois que morre alguém assim da nossa família, que nem pai e mãe, mesmo que seja igual o pai dela, que não dá nem pra confiar, mas era o pai. Eu não chorei quando o meu pai morreu porque eu não sei quando foi, vim sem pai pro mundo e assim vou embora, já tenho noventa e nove anos, mas pra quem conheceu o seu, mesmo que no meio de muita briga e não me toques, aí sempre dói um pouco pra melhorar, então essa menina não vai ser feliz tão rápido com o pai morrido de caminhão agorinha. Só espero que ela não leve o Paulo junto com ela pra esse buraco triste que são os dias depois da morte, mas a verdade é que estão lá os dois em cima da moto e dá pra ver como ela abraça ele com a mão tranquila de quem encontrou o seu lugar, então talvez os dois já estejam felizes sim. Eu espero que sim, melhor que sim.

Os dois são bem combinados, os cabelos mais pretos que já

vi, se vier menino não nasce loiro nem castanho o cabelinho é preto-noite, e até que ia fazer bem pra essa Quina da Capivara um erezinho correndo de um lado pro outro com o nariz escorrendo e aquela barriga enorme de criança que a gente pensa que é barriga-d'água mas é só o formatinho dela mesmo. Eu não ia reclamar, tá tudo tão vazio. Quando veio a menina da Cícera, achei que se ela vingasse mesmo ia ser criada pra fora do muro, pra gente ver os passinhos miúdos, pra rolar a bola nos pezinhos tropecentos, pra ouvir conversa fiada de criança que aprende a falar, mas ela enfiou a bebê lá pra dentro de casa e eu nunca nem vi, sei nem dizer se tem todos os dedinhos da mão, Cícera guarda a menina todinha só pra ela e Méuri Bete. Fico pensando que se fosse Paulo mais essa menina dele iam criar bicho solto porta aberta, as casas todas juntas pra não faltar é nada não. É pra lua cheia que pede menino?

5.

Dalila menina minha nasceu menorzinha que uma penca de bananas, cabia inteira na palma da minha mão e não sobrava nenhum pedaço, nenhum pé ou o altinho da cabeça vazando por entre os dedos, cabia toda certinha, farelo de gente. Eu sei porque carreguei essa menina muitas vezes nas primeiras noites que foram terríveis, pra ela e pra Tereza, mas não pra mim. Eu era a felicidade inteira naquele corpinho sagrado, os vinte dedos todos de unhas minúsculas, contei tudo ali perfeito divino, logo eu que já não achava que esse negócio de ser pai era pra mim, mais de cinquenta anos, o músculo do braço já tremia de carregar a minha filha no colo a noite inteira, o meu corpo não era tão forte, o resto menos ainda. Mas desde que eu e Tereza nos beijamos a primeira vez, a gente se beijou e fez tudo de uma vez, é como se a gente soubesse que não tinha tempo a perder, ela me dizia você vai fazer uma filha em mim, Miguel. E eu ria, ria porque eu já era velho demais, ainda mais pra ela, eu tinha quarenta e oito no dia que comi um pombo, a Tereza tinha vinte e três no dia mesmo esse, que me empurrou suando vomitando praguejando até entrar em casa e lá ficou com uns panos úmidos na minha cabeça até ter certeza que eu ia ficar bem.

Não foi nesse dia que a gente se amou, mas também não demorou muito, mesmo injetado de veneno de pombo imundo eu sabia que aquela mulher não era qualquer coisa, e no fim das contas não é que o pombo era um presente? Porque ela chegou junto com ele e se não fosse o pombo não teria Tereza. Eu já sabia que tinha terminado o meu tempo de galingar, pular de galho em galho, de olhar pros lados. Eu nem sabia muito fazer isso, nunca fui galingador, grande coisa com mulher. Era Tereza, só podia ser ela. E ela dizia me faz uma filha, Miguel, vai ser hoje, e foram quatro anos que ela me dizia isso e eu ria divertido no começo e desnorteado no final porque depois de quatro anos eu já tinha certeza que não ia dar nunca a filha que ela queria e ela já tinha certeza que eu não ia dar nunca a filha que ela queria e a gente foi parando de rir e de falar de criança, tudo bem também se fosse só a gente, a gente se bastava, mas um dia a Tereza abriu os olhos e disse Miguel ela tá aqui, a nossa filha tá aqui e eu achei que ela tinha sonhado qualquer coisa, eu ainda acho que ela sonhou, ela nunca me contou o que que foi, mas colocou a minha mão na barriga macia dela e nove meses depois nasceu a menina, menorzinha que uma penca de banana e eu olhava aquilo e não sabia pra quem é que eu podia agradecer e ela chorava e a Tereza chorava com o peito em carne viva, a menina golfava o sangue do peito da mãe, e as duas choravam e eu sorria e eu nunca tinha sido tão feliz na vida porque eu sabia que o peito depois criava casca, que a mãe e a menina também, e que aquilo ali miúdo e enrugado na palma da minha mão era o que havia de melhor em mim e na Tereza misturado de um jeito que deus nenhum explicava, porque era pura mágica, bonita mágica com uns cabelinhos enrolados muito pretos e os olhos muito pretos que me olhavam e diziam tudo tudo tudo vai dar pé.

Não deu, o que deu foi fogo alto, mas naquela altura eu não sabia disso, e naquela altura eu só fazia pensar que a vida é boa demais, se é.

6.

Dei pra acordar antes do sol, madrugada, lua alta e já começo a rolar na cama, o corpo encarangado de frio mesmo quando tá calor. As minhas juntas me doem, a garganta arranha, o corpo inteiro que arrepia e esse tal de ficar velho todos os dias. Cem anos. Depois passo o dia todinho pingando de sono, agarrado na garrafa de café. Agora, sem usina pra trabalhar, sem minha maior companhia por quase vinte anos, meu tempo é grande e a cabeça fica zunindo, os pensamentos em tudo que era pra ter sido e não é mais.

Quando vejo, não são nem cinco da manhã e eu lá, os olhões abertos e o quarto todo escuro ainda. Tem lua também não, mais fina que ponta de unha, minguante a danada. Era Teodora que dizia pra ter muito cuidado com o que se deseja em noite de lua minguante, banimento infinito, ela mingua tudo o que a gente quiser. Eu queria era só dormir um pouco mais, mas a lua não deixa, coitada, nem sei se é culpa dela. Tem reza pra dormir?

Depois que abro o olho, o barulho acaba comigo, toma conta de tudo e é impossível dormir outra vez. É o barulho mais estranho, vistoso e incomodento que eu já ouvi, aquele raspa-raspa das malucas, já faz quase mês que é todo dia aquela barulhama, desde o meio da madrugada ou antes até. Cada dia que passa parece que começa mais cedo e que acaba mais tarde, cada dia que passa meu tormento aumenta e eu só posso pensar que já tô vivendo demais. Mais de cem anos contadinhos. Aqui de casa eu não consigo saber o que é, só que vem da casa delas, lá na esquina do fim do mundo, Cícera e Méuri, a neném também mora lá mas não faz barulho, pelo menos não esse. Sei que intimidade dos outros a gente respeita, mas o ouvido também.

Ficar rolando na cama é que eu não vou, as juntas todas gritando pra eu me levantar, a lua escondida de mim, os ouvidos ardendo de incômodo. E se eu não vou dormir, eu vou lá, tenho que ir. Eu não nem troquei a calça do pijama, porque não vou me demorar e seja lá o que elas estiverem fazendo, é melhor mesmo ir logo, pegar o ato e resolver tudo. Eu meto os pés nas minhas botas, acendo o cigarro e abro a porta. Eu vou saber desse raspa-raspa, que rumor todo que é esse, o que é que essas doidas estão fazendo lá pro lado da casa delas, lá onde tudo acaba.

É aí que se complica, eu já devia saber. Noite de Vento Vazio, de novo. O vento enlouquece, mero sopro coisa nenhuma, o vento sopra e o mundo entorta. Acaba a luz, entra o breu. Preto demais tudo. Eu não devia nem pisar os pés pra fora dessa casa, que com noite assim eu não me meto, nunca mais. Mas o raspa-raspa também enlouquece, o raspa-raspa também é mandinga forte que enterra a cabeça de gente sã no meio da terra laranja e molhada. E eu tenho pavor de louco, dos loucos todos que ele vai deixando.

Eu não preciso de luz pra saber que as torres estão lá, as pás paradas esperando alguém voltar, como se servissem para alguma coisa. Não servem. E esse vento elas fingem que não é com elas. E talvez não seja mesmo, Vento Vazio é coisa de gente e dos diabos. Tem cachorro nenhum latindo, todo mundo encolhido em qualquer lugar fugido de vento porque cachorro é um pouco gente, porque cachorro também tem cabeça. Quase todos. Cadê o meu capote? Eu vou lá, eu tenho que ir, mas ninguém me faz sair de roupa fina nessa noite, o vento atravessa o tecido e depois atravessa a gente e é nessa hora que vai tudo dar errado. E acaba. Essa casa tem sete armários e precisei abrir todas as portas pra achar o maldito maltrapilho, todo embolado na prateleira perto do chão, a rede amarela também enrolada por cima, um bololô todo impossível de ver. Visto ele, ele me protege do que tiver que proteger, o barra-louco.

O cigarro já apagou, o Vazio me manda ir para casa mas eu não vou. Eu vou lá ver o que que é, abaixo a cabeça, o olho no chão e o piso firme. Sai, vento.

A casa de Cícera e Méuri é a única que tem muro por aqui. O porquê eu não sei, mas não acho bonito e nem é simpático com a gente que é vizinho. É uma caixa fechada no meio do campo cerrado, a gente que dá com a cara no cimento e nem pintado ele é. O muro é baixo e eu não, sou comprido, de modo que qualquer caixote me resolve, eu vejo lá dentro antes que alguém saiba de mim. Nem preciso bater na porta, fico aqui no escuro e fico aqui com medo e se tivesse luz era ela que ia tremer junto comigo.

São duas pás, porque são duas mulheres ali, ajoelhadas no chão, cavando esse buraco imenso em volta da casa. É como se alguém tivesse enfiado a construção inteira no meio de uma piscina vazia e em volta só tem o nada e o raspa-raspa, que não para. É até desgostoso de olhar, de tão impossível que é. Um buraco mais fundo que eu do tamanho de um lote inteiro e elas estão chegando perto do muro, cavando transtornadas, olhando transtornadas o chão que vai se acabando na frente delas. A neném eu não vejo e para onde é que foi toda essa terra? Tem que averiguar, isso tem.

7.

Quando eu tinha oito anos, menino-tripa que não sabia coisa nenhuma, eu caí de bicicleta. Já são muitos anos dessa cicatriz aqui, comendo o braço inteiro, do pulso até onde dobra o cotovelo. Engraçado é que o fogo não queima cicatriz, eu nunca soube disso, só quando eu vi. A pele derretendo e ela ali, lisinha e brilhante, meio alta no meu braço inteiro. Era um tombo bobo se não tivesse acontecido bem do lado de um desses galões de tinta grande, a tampa de aço aberta no facão, o lugar em que o meu braço passou ao mesmo tempo em que todo o meu corpo caía por cima, rasgou foi tudo. A tinta não era vermelha, mas era como se fosse.

A bicicleta nem minha era, ninguém sabia direito de quem que era, eu me lembro dela desde sempre, encostada no muro de casa, esperando qualquer catarrento que quisesse dar uma volta, o quadro azul cor de chinelo, os pneus sempre meio vazios, mas suficientes. Aquele dia fui eu que montei a bicicleta, mexia o corpo, enchia a manhã e tudo ficando pra trás, não dá pra falar do vento porque eu não pedalava tão rápido assim, eu era bobo e cru, mas via com o canto dos olhos as casas e as árvores e as pessoas e alguém sempre falava comigo, lá vai o Miguel, manda um abraço pra tua mãe, ô Miguel. Aquele dia mesmo, quem tinha mandado o abraço era o padre, sentado na escada da capela, a testa suada porque era meio-dia, eu sei porque eu parei pra dizer oi e pedir a bênção, foi o que a mãe me ensinou.

Ele abençoou, mas eu caí mesmo assim, nem cinco minutos depois, lá bem perto da minha casa, quando eu passava pelos fundos da casa da vizinha e devia estar me sentindo feliz porque quase em casa e talvez um pouco confiante demais, não vi a pedra no chão e a bicicleta tremeu só um bocadinho assim, mas eu caí, direto no latão que me esperava e, logo depois, me rasgava, rasgou tudinho. A tampa de uma lata de tinta é uma arma se aberta pela pessoa errada, se largada no meio do nada e eu era só um moleque.

Eu só queria a minha mãe, mas sabia que ela não ia me ouvir gritar, era perto, mas era campo aberto e ela devia estar do outro lado da casa esfregando a roupa ou qualquer outra coisa que as mães fazem enquanto os filhos brincam e eu disse mamãe bem baixinho enquanto as lágrimas desciam pelo rosto e o sangue descia pelo braço e eu tentava não olhar porque aquele sangue era meu e devia estar dentro de mim e não fora, e eu precisava chegar logo em casa porque eu sabia que dona Lila saberia o que fazer e eu não.

A mãe da gente tem a calma mais bonita do mundo e ela lavou o meu braço enquanto beijava a minha cabeça e repetia o meu nome Miguel, Miguel, e cantava uma música feliz pra me deixar feliz, mas quando a água lavou o primeiro sangue e antes que ele brotasse de novo ela viu o tamanho da fenda que se abriu no meu braço que era até bem miúdo, e nós dois vimos qualquer coisa gordurenta e esbranquiçada lá dentro. Eu sei que ela estremeceu e disse volto logo e correu pra chamar o José da padaria porque só ele tinha carro e a gente foi para o hospital municipal e ela cantarolava e segurava o braço enrolado em todas as toalhas da casa, ou talvez isso seja exagero, e no hospital eles perguntaram se podiam jogar a toalha fora e ela disse não, a gente não tinha tantas assim.

O braço não dói mais, mas gosto de passar a mão nesse morrinho alto e comprido que ficou, uma montanha pra me lembrar daquele dia, pra me lembrar dessa minha mãe, pra me lembrar que eu podia, que devia ter derretido, mas não derreti.

8.

Tem uma hora certinha que deixa a cozinha bonita demais, com essa luz do sol quase se pondo entrando todinha pela janela, tudo fica meio laranja, meio doirado, muito bonito mesmo. Aproveito para passar um café de fim de tarde, que é pra dar conta de uma lombeira que insiste em chegar nesse horário. Sempre tive essa moleza de o corpo arriar no lusco-fusco, mas é claro que a cada ano que passa ela fica pior, o corpo esmolece mais, igual que nem pudim de pão. Eu fico lá, as costas descansando na cadeira, a cabeça apoiada na parede, olhando esse cômodo que eu já conheço há tanto tempo, há tempo demais. Antes eu não era assim não, de ficar pensando nas coisas, na vida, olhando o tempo. Eu ia lá e fazia, mas agora parece que sou, penso e repenso qualquer coisa boba, sentado aqui onde ando ficando os meus dias inteiros. Eu já conto muitos dias, balaio cheio entupido de anos.

Penso tanto que já pensei que se eu ficasse cego, nem muita diferença ia fazer, ninguém para me acudir, eu já consigo resolver tudo que preciso por aqui de olhos fechados, a casa é pequena e toda minha e não tem segredo algum, mais ou menos que nem eu. Tem esse degrau entre a cozinha e a sala, por conta de uma pedra que eu não consegui tirar, mas meu corpo já sabe exatamente quando tem que subir o joelho e já faz muitos anos que não dou com o dedão ali naquela quina terrível. Disso eu não sinto falta.

É só quando alguém passa lá fora com uma trouxa de roupa na cabeça que eu me lembro que também preciso recolher a roupa do varal. A minha janela parece uma moldura pra essa menina da Teodora que passa arrastando os pés como se dançasse. A minha roupa me espera no varal e eu nem não queria arredar o pé daqui, ainda mais pra recolher roupa. Tô escorrido e nisso eu não tinha pensado, a cabeça voando só para o que não tem importância, para a lida da casa é que não. Mas quando a Luzia passa a cabeça volta. Não vai chover, ou talvez chova, mas de qualquer jeito não convém deixar mais do que precisa, o lugar de roupa seca é dentro de casa. Eu guardo tudo num cesto de plástico branco e, depois, se as minhas costas não estiverem doendo, eu coloco nas gavetas tudo.

O café pode esperar, a Luzia é filha da Teodora e me dá boa--tarde sorrindo todos os dentes, saiu todinha à mãe nisso de ser feliz, isso era coisa que minha amiga sabia fazer, mas não deu tempo de me ensinar.

Gosto de tudo bem dobradinho, tem tecido que é custoso, mas já vou fazendo nessa hora mesmo, quando a roupa pula do varal para as minhas mãos. Eu tenho esses dedos grossos, mas dobro a camisa listrada de amarelo e branco, que tem um furaquinho na barra, mas que ninguém vê, porque eu sempre coloco pra dentro da calça. Dobro as duas calças de jeans azuis, as meias pretas, meu lençol e minha fronha. E, aí, as minhas mãos encontram uma camisa branca, branquinha, que tenho certeza que não é minha, e é nova. E uma calça de brim que parece que acabou de sair da loja, intensa de cor. Aquilo não é meu, claro que não, e eu nem preciso experimentar pra saber que tem o meu tamanho todo certo.

Agora deu pra isso, as coisas começam a aparecer aqui, como se eu fosse um morto de fome. Não sou. O pouco que eu tenho guardo aqui na casa mesmo. Ninguém me faz entrar nesse negócio de banco, não. Porque é longe muitos dias e eu não tenho nem a roupa certa para um acontecimento desses. Desde muito tempo a minha mãe me ensinou que a gente não se mete onde não querem a gente. Não gosto de olho torto, de boca virada, e já tenho muitos anos nas costas pra saber que ninguém oferece café pra gente preta com sapato esgarçado. Só se for pra roubar, mas meu dinheiro é miúdo demais para eles. Cabe numa caixa de Maizena, dentro da gaveta, a terceira.

Ganhei pouco nessa vida, mas gastei menos ainda, porque nem não preciso de muito pra viver. Mas agora todo mundo resolveu fazer benfeitoria para o velho morre-não-morre desempregado, o Miguel órfão da usina, como se eu não pudesse comprar as minhas próprias roupas. Penduram roupa nova no meu varal.

Na última vez que fui no Feijão, pedi exatamente o que eu precisava, que era um pacote de macarrão, farinha e uma lata de sardinha, mas quando cheguei em casa achei também, metidas na sacola, uma garrafa de cachaça e uma goiabada inteira e bem que eu achei que aquilo tava muito pesado.

É bonita a camisa nova, branquinha, branquinha, e branco é uma cor tão bonita que faz carinho no olho da gente.

9.

Já tenho mais de século e nada me dá medo mais, só tem aquelas coisas que eu já sei, que eu já aprendi, que não são boas de chegar perto. Vaca doente, homem corneado, buraco de cobra no meio da estrada. E Vento Vazio. Não nem tenho medo de nenhum deles, mas sei muito bem que eles podem destruir as coisas, até eu mesmo. O vento todo mundo fala dele nesses lados de cá, de Santina Boa até Candeia e em cada pedaço dessa Quina da Capivara não tem uma única pessoa que não saiba que o Vazio endoidece até a cabeça mais agarrada no pescoço. A Cícera finge que não é com ela, mas sabe muito bem.

A Tereza sempre teve medo do Vazio e nisso ela era igualinha à minha mãe. Eu ainda consigo escutar uma e outra dizendo e era quase igual, ô Miguel, não vai sair agora porque o Vento. Miguel, não volta tarde porque o Vento. Miguel, a gente não vai pra festa nenhuma não, Miguel, onde já se viu fazer festa com o Vento lá fora, te aquieta. Esse último aí foi Tereza que disse, mesmo que parecesse a minha mãe purinha. Teve um verão que foi uma semana inteira de Vento Vazio direto nas têmporas, se

38

dependesse da Tereza eu nem ia trabalhar, mas se dependesse das vacas eu ia sim, porque as bichas continuavam lá, cheiinhas de leite nas tetas, e o pasto que tinha que ser pastado e o resto inteiro. E dependia das vacas e do homem que pagava o meu salário, e ventava o dia inteirinho e as vacas doidas e eu doido, um dia eu não voltei pra casa e até hoje eu não sei onde é que eu fui, ninguém sabe, ninguém me viu, nem eu mesmo sei onde foi que me enfiei e isso é coisa do Vento, claro que é. Quando eu entrei em casa a Tereza tava doida chorando num canto e Dalila sentadinha miudinha encolhida agarrada nos pés da mãe, e ela não estava dizendo te acalma, mas estava em silêncio o olho vazio virado porque a Tereza já tinha chorado tanto e imaginado todas as tragédias do mundo em voz alta que àquela altura as duas já tinham certeza de que eu estava morto ou presidiário ou ainda que tinha morrido dentro do carro de polícia que é uma forma de juntar as duas tragédias e que combina demais com a cabeça dramática das mulheres com quem eu vivia e com quem não vivo mais porque morreram e que morreram porque eu não.

Eu não sei onde fui, não sei o que eu fiz, o vento voou com essa memória, e nada no meu corpo me deixou saber o que é que tinha acontecido, eu tinha o mesmo cheiro de vaca de todos os dias, as mesmas mãos cansadas com unhas que ficavam sujas não importava o tanto de vezes que eu esfregasse cada uma com uma escovinha de plástico que a Tereza deixava no banheiro bem na altura do meu olho pra dizer sem precisar dizer que eu precisava limpar as unhas que ficavam sempre sujas. Hoje já não ficam mais, só a pele toda que descasca grossa e cansada.

Fiquei foi três dias inteirinhos sem dizer palavra e a Tereza chorava e a Dalila foi ficando muda ela também e do lado de fora ainda soprava o shhhhhhhhhhh do Vazio, o shhhhhhh do Vento Vazio é diferente de qualquer outro vento chiando é uma coisa que entra pelo ouvido fininho e atravessa tudo e se instala dentro da nossa cabeça no lugar mais importante que é o lugar do juízo e continua chiando lá dentro shhhhhhhhhhhh shhhhhhhhh e a cabeça dói mas a pessoa fica acometida e nem percebe que tá doendo e não percebe que tá conturbada porque isso é a coisa principal dos doidos, não saber que são doidos, minha mãe sempre dizia que tinha medo de ficar doida e ela mesma completava mas enquanto eu tiver medo é porque ainda não fiquei e no dia que eu parar de dizer que tenho medo de ficar doida você me interne, Miguel, você me amarre que foi quando eu endoideci, todo mundo sabe que é assim. Morreu sem endoidecer, a Lila minha mãezinha tão meu amor, morreu com medo do Vento e com medo do louco e me deixou o medo do vento e o medo do louco. E ele shhhhhhhhhh e de repente foi embora e a voz voltou e o choro acabou e foi como se nada tivesse acontecido, a Tereza não chorava quase nunca mais, a Dalila crescia bonita e alegre e eu era o mesmo de antes, que não sabia muito bem quem era e continuava não sabendo.

10.

A Teodora era pessoa boa, coração sem mofo nem pelo. Até para me expulsar da casa dela ela foi boa, cheia de cuidados, disso eu me lembro e tenho muito agradecimento. Já tava lá há mais dias que cabia, cheguei e ninguém sabia quem eu era, ninguém sabia minhas origens, meu endereço, nem se eu tinha nome sobrenome mãe pai. Cheguei sem dar conta de mim, e ela me abriu as portas, me colocou dentro de casa num quarto bonito pintado de um verde-clarinho que acalmava os pensamentos, que carinhava as aflições, que tinha essas janelas enormes que me deixavam ver os homens trabalhando para subir as torres e rodar as pás. Eu via também o carro preto chegando e saindo, um homem de terno no inferno. Eu não sabia quem eu era desde a noite que me matou, eu não tomava atitude, não me resolvia e eu nunca tinha sido assim, era homem decidido, trabalhador, eu tinha família. E ali, dias e dias em que eu só ficava olhando a janela, tinha me perdido de mim, mas da Teodora não.

Foi ela quem me fez conseguir o trabalho e no exato dia em que eu recebi o meu segundo salário, ela veio me dizer olha,

Miguel, aquele terreno ali é da minha mãe e ela já vai morrer, eu sei e você sabe, e eu não tenho irmão nenhum e não vou precisar daquilo e Luzia filha minha vai embora logo daqui e então você pode se quiser subir uma casinha lá. Teodora tinha algum tipo de poder e eu nem não tô falando desse mundo aqui. Eu quis a terra, subir a casa, porque àquela altura eu já sabia que não ia voltar para a minha, a Teodora já sabia primeiro, eu não tinha mais casa e precisava de uma, todo mundo precisa.

Bem muito perto tinha essa capelinha que alguém tinha feito, era miúda e sem luxo nenhum, mas eu já tinha entrado ali tantas vezes que aquele parecia o lugar mais importante do mundo. Deus já tinha me abandonado, mas quando a gente não tem mais coisa nenhuma, um lugar sem medo é tudo o que a gente precisa, tirando todo o resto. Ela Teodora já morreu e eu não.

O que eu mais gostei do lugar da minha casa, era isso de ser vizinho da capela e eu decidi que faria a minha casa igualzinha que nem ela, a porta redonda pintada de azul em volta, as paredes branquinhas, só a cruz em cima é que eu não tinha. Eu já tinha subido uma casa nessa vida e depois queimei, e já tinha visto a minha mãe subir a nossa no braço, eu já sabia o que fazer e fui devagarinho e até nisso a Teodora foi a Teodora, que arrumou mais três homens que me ajudaram como se estivessem recebendo por aquilo e que trabalham das cinco às cinco e foi bem rápido a casa ficou pronta e eu que nem sou de chorar fiquei com os dois olhos encharcados quando a Teodora chegou trazendo um azulejo amarelo com o número oito, eu era o Miguel da casa oito e aquela era uma boa amiga, a melhor que eu já tive.

11.

Sebastião dizia bem alto: isso aqui é tudo meu! Tudo, tudo, cada pedaço de terra, o chão que vocês pisam, essas casas que construíram sem autorização e também o que tem dentro delas. Toda a terra que vai da Fazenda do Arroio até o paredão de pedra é minha, muito minha. Da Cachoeira da Capivara até essa vendinha mequetrefe, daquelas candeias amontoadas até o Barranco da Coruja, do pequizeiro até o comecinho do asfalto, é tudo meu. Dizia isso de tempos em tempos, sempre que tinha que passar por aqui para qualquer coisa, e passava muito. Mas nunca fez nada pra tirar a gente, porque é claro que essas terras não eram dele, delírio de gente rica é até engraçado de ouvir. Mas ninguém ria. Só a Cícera, que era ver Sebastião e abria um sorriso, sem falar nas pernas.

Sebastião falava em gritos, mas quando vinha pra amigar com os importantes da usina era outro, a boca cheia de dentes e a mão apertando as nossas, indignas, a gargalhada rararrá sem parar, a família que exibia feito troféu, trofeuzinho branco feito de leite, e por isso mesmo valioso até as tripas por aqui.

Eu até que gostava da cara dele, quando vista assim de longe. Era um sujeito desproporcionado, mas sempre alinhado metido em camisa de botão, podia o sol rachar com toda a força que ele não vestia bermuda ou uma roupa mais leve e aí ficava a camisa encharcadinha de suor, aquelas manchas que eram bem menos alinhadas que o que ele queria ser. O bigode escorrido no meio da cara molhada. Ele sempre vermelho. Azedava tudo, tava sempre por perto, de modo que eu já tinha me acostumado com ele e não queria que ele tivesse morrido não, ainda mais essa morte que eles estão dizendo que foi, morte de caminhão sem freio.

Quando comecei a subir a minha casa, com a Teodora e os outros ajudando, toda bonita de detalhe azul, ele deu um jeito de chegar aqui muito rápido, suado vermelho e exagerado, dizendo que era abuso muito fazer outra construção nas terras dele, agora oito casas e aquela venda ordinária que nunca tem nada do que eu preciso, ele berrou.

O que é que um homem como Sebastião Ávila podia precisar da venda do Feijão eu não sei, mas não era questão de precisão, parece, era só o jeito dele de manter a pose de homem azedo, sempre vermelho, sempre escorrendo. Eu, que ainda não sabia das coisas, fiquei assustado e falei pra Teodora que não ia construir casa em terra dos outros, porque isso não era coisa certa e eu não queria dever nada pra ninguém, já bastava a minha vida inteira que ia ficar na mão da Teodora e o que ela fez foi gargalhar tão alto que quem tava ajudando na obra até parou pra olhar ela rindo e ela riu e riu e riu por tanto tempo que eu comecei a rir junto, e foi só depois de muitos minutos que ela me explicou que no dia que aquele chão fosse do Sebastião ela podia cair morta ali mesmo e que a casa ia subir sim e ia subir imediatamente. A verdade é que passei um bom tempo me pelando de medo dessa história de ele aparecer na minha casa e me tirar tudo o que eu tinha, mas o dia que ele tocou na minha porta não foi pra isso não, tava manso, amuado, dizendo que seu peão tinha ido embora e que alguém qualquer tinha dito pra ele que eu já tinha sido peão também e se eu não queria um trabalho na Fazenda do Arroio que ele pagava bem, se eu quisesse ia até poder sair do fim do mundo e ter casa direito e ter vida direito, mas eu só saio dessa casa aqui pra debaixo da terra, e mesmo assim só se me obrigarem.

Mas fui, passei um tempo trabalhando pro Sebastião nos meus dias de folga da usina, bem longe da casona amarela e do escritório dele, onde eu não via quase ninguém, só os bichos, e preferia assim mesmo, mas tinha que carregar até a minha água de casa porque o homem não me oferecia nem um gole. Ele disse que acertava no fim do mês, não era grande fortuna, mas era minha. Eu trabalhei as horas combinadas, as vacas ditas, o trabalho ali não era fácil, era cacto o tempo inteiro pra desviar, irritava as vacas todas e eu. Nunca me pagou, o homem, e deixei por isso mesmo, porque não quis insistir, porque não estava precisando, porque não sei brigar, não gosto, a Teodora ficou sabendo e virou onça brava e me fez andar debaixo de sol até o Arroio em pleno domingo e pedir o dinheiro que era meu e eu não queria de jeito nenhum, mas ela bateu na porta, veio o Sebastião e a Alma miudinha muito antes de se apaixonar pelo Paulo, só devia ter visto ele de relance, e como é curioso isso, quantas vezes a gente passou por perto do amor da nossa vida sem saber quem ele era? E quantas vezes a gente deixou pra trás o amor da nossa vida e o fogo ardeu, isso não deve ter acontecido com ninguém, foi só comigo mesmo.

A Teodora disse pague, e ele sabia exatamente o que ela dizia porque chegou com o dinheiro contadinho e parecia que não tinha pagado até então só de pirraça e fomos embora e eu nunca mais voltei no Arroio, e quando a Teodora tava enfiada dentro do quarto procurando qualquer coisa pros seus encantos

45

pras suas rezas orixás bendizeres meti o dinheiro inteiro na lata que ela guardava na cozinha que tinha umas notas poucas do dinheiro atual e um monte de velharia que já não valia nada, mas que estavam ali a vida inteira e ali iam ficar.

12.

O dia que eu conheci a Tereza achei que fosse morrer. Não por causa dela, foi o que aconteceu logo antes, e eu devia ter entendido que aquilo era um sinal de sei lá quem, talvez o diabo ele mesmo invertido danado fim de mundo cão que assistia à minha desgraça enquanto gargalhava alto. Rararrá. Eu tinha comido um pombo, um pombo inteiro, menos os pés. Tinha sido uma coisa burra, depois de uma conversa burra com um outro peão lá da fazenda onde a gente trabalhava, eu trabalhei a vida inteira desde menino ordenhando vaca olhando o gado e era ali que eu tava já fazia muitos anos, um dois mais de três mais de cinco, eu contava quase dez anos na fazenda de Justino. Era perto do meio-dia, o sol suarento fervoso queimando tudo menos nós dois, sentados do lado de fora do curral, o corpo cansado de quem já trabalhou demais mas tinha ainda muito por fazer. Todo dia era assim, mas naquele foi diferente por causa dos bichos. Foi sem aviso que três pombos caíram na nossa frente, um seguido do outro, sem que desse tempo de a gente tentar entender o que estava acontecendo. Caiu um, depois outro, o último e acabou. Pum pum pum e mais nada.

E a gente lá, eu e ele olhando os bichos vivos que não olhavam pra nenhum de nós dois, mas tinham os olhos abertos assustados de quem voava alto e de repente pum pum pum. E o peão outro lá, o nome dele eu já não lembro, homem cultivador e bom boiadeiro, mas com ideia muito ruim na cabeça, começou a dizer que eram nossos, que foi deus que mandou, que pombo era bicho limpo e que bicho limpo a gente come. Não desperdiça que é pecado. Levítico 11 que diz dos imundos. Das aves, estas abominareis; não comerão, serão abominação: a águia, e o quebrantosso, e o xofrango, e o milhano, e o abutre segundo a sua espécie. Todo corvo segundo a sua espécie, e o avestruz, e o mocho, e a gaivota, e o gavião segundo a sua espécie. E o bufo, e o corvo marinho, e a coruja. E a gralha, e o cisne, e o pelicano. E a cegonha, a garça segundo a sua espécie, e a poupa, e o morcego. Ele sabia de cor e repetiu aquilo falando rápido e alto como que esperando o próprio deus ouvir e confirmar e dizer que o pombo era limpo e que o pombo era nosso, e eu não sei como é que se deu, às vezes me dá essa fraqueza de não conseguir dizer não pro outro e eu comi um pombo inteiro menos os pés assim puro assim quase vivo, o outro que matou, matou os três e comeu dois e falava de bênçãos e de salvações e não era nisso que eu acreditava mas eu comi o pombo inteiro menos os pés e foi muito rápido que eu comecei a vomitar, o estômago revirado mandando o pombo embora e eu amaldiçoando mais eu mesmo do que o outro porque comi porque quis e ninguém come pombo, claro que não.

Eu golfava e golfava e não conseguia ficar em pé, o pombo dentro de mim jogava o meu corpo pra frente e eu andava como se uma mão imensa tentasse empurrar as minhas costas para o chão, como se o vento voasse dentro de mim, e ninguém consegue trabalhar assim e o Justino me olhou de cara feia e disse vê se não morre aqui e me mandou embora mais cedo eu voltei pra casa antes da hora, eu passava tão mal que achava que ia ser a conta certinha de chegar em casa e morrer mesmo mas no caminho eu cruzei com a Tereza, ela ia no sentido do vento, da fazenda vizinha pra outra cidade, trabalhava ali e vivia ali e eu nunca tinha visto aquela mulher na minha frente, achei que já era a morte mas as mãos dela eram bonitas demais, os dedos compridos, e ela me viu encurvado encarquilhado jorrando golfando lançando expelindo pombo goela afora e perguntou se tava tudo bem, eu ri e chorei e precisei da ajuda dela, que mudou o caminho de casa e me levou até a minha e me viu vomitar mais sete ou oito vezes antes de chegar em casa e naquele tempo eu pensava que essa seria a coisa mais feia que a Tereza me veria fazer, mas o malvado endoidecido doente de tudo diabo deus cão que gargalhava e que colocava na Bíblia que pombo era limpo ele não, ele tinha outros planos pra mim, outros planos para a Tereza, outros planos para a nossa filha que não tava nem perto de nascer, só nasceria quatro anos depois e morreria antes de completar vinte e um. Ninguém come um pombo e sai ileso, eu já devia saber, se bem que o outro lá comeu dois e deve de tá vivo até hoje. Eu é que não tô.

13.

Ela menina minha feijão meu e de Tereza dizia eu vou ser médica e eu não sei de onde foi que veio essa ideia. Eu nem sabia o que tinha que fazer pra que isso pudesse acontecer, como é que transforma gente como a gente em doutor, doutora, mas não seria eu a dizer que não, que aquilo não era pra gente como eu, gente como ela, gente que se entendia muito bem só mesmo com as vacas e que nem precisava respirar muito fundo pra saber que também cheirava como elas. Aquele cheiro que entra na pele e não sai nunca mais, nem se você troca a pele inteirinha ele não sai. A minha filha dizia eu vou ser médica e eu pedia pra todos os santos e para a minha mãezinha, façam tudo, abram os caminhos, essa menina merece o que ela quiser mesmo se for da ordem do impossível. Isso foi quando eu era família, ela menina minha na casa nossa, a mãe dela Tereza, a mãe dela feliz e eu também.

Isso já faz muito tempo e eu também, cem anos ou mais. Nunca vi dedos tão compridos como os dela e não foi de mim que eles vieram. Saiu à mãe, que sorte a minha, que sorte a dela. Uma noite de chuva profunda e a cachorra rodava atrás do rabo e gemia e arfava e parecia que ia morrer ali no chão mesmo da nossa cozinha, a cachorra e todo mundo dentro dela, que naquela altura a gente não sabia quantos eram, mas pareciam muitos, a barriga imensa da cachorra, todos os cachorros do mundo naquela bola endurecida rodando em volta do seu corpinho próprio. Isso já faz muito tempo, todos os anos, foi bem antes de eu chegar aqui, na quina do fim do mundo, foi bem antes de tudo acabar e a gente era feliz, mas a cadela-cachorra gemia e doía inteira. A gente sabe que quando passa tanto tempo sem a bicha parir é caso grave de filhote atravessado, todo mundo sabe. É igual com as vacas, não tem o que fazer, ninguém nasce, todo mundo morre mesmo. Pum pum pum. Mas ela não ia deixar, não a Dalila, ela trouxe toalha, coberta, pôs água ferver e se preparava para fazer um parto, como se ela soubesse. Como se ela não tivesse quinze anos e fosse só uma menina de dedos compridos e uns sonhos abusados e quando a cachorra já nem conseguia ficar em pé e já fazia mais de onze horas daquela agonia e a barriga dura e a cachorra se tremendo inteira eu juro que ela enfiou um dedo lá dentro das partes da bicha e disse ele tá aqui e depois enfiou outro dedo e virou o filhote torto e puxou o filhote vivo que mais parecia uma berinjela velha e rasgou a bolsa que é a placenta e cobriu o filhote com um pedaço de pano e massageou com a ponta dos dedos e ele começou a chorar e ganir fininho no fundo dos ouvidos e não tinha nem aberto os olhos, mas respirava e eu não, e parece que ela já sabia que essa era a hora de colocar o bicho nas tetas da mãe e depois disso nasceram outros oito e todos vivos e a cadela parou de tremer e ficou lá lambendo cada um daquelas nove berinjelinhas vivas e eu acho que se minha filha pudesse, ela lambia também.

De todo mundo que tava em casa naquela noite de fogo alto, sobrou só eu e o vento. Nem a casa sobrou e foi por isso que eu vim parar aqui, nesse inferno todo meu. Aqui também tem cachorro, claro que tem, mas nenhum conheceu as mãos da minha filha, as mãos de Dalila, e por isso são todos malditos, claro que sim.

14.

De dia é mais difícil de ouvir, porque tem os bichos e tem as pessoas, todo mundo acordado nas suas funções que nunca são silenciosas, mas se você presta atenção, ele tá lá, o raspa-raspa das malucas. Eu nunca achei que a Cícera fosse louca, não, mas tá lá. Cavando alucinada fazendo buraco no cheio. Cuidado. Cuidado da Cícera, cuidado do Vento, desculpa de mim. Quem não toma cuidado com o vento endoidece mesmo. Aquelas pás imensas, cutucando o que resta da terra, a casa apontada lá no meio e eu só não entendo o que é que elas estão fazendo e como é que a casa ainda não caiu, desmoronou, derreteu no meio de tudo. Mas vai.

Eu nem não falei com ninguém, porque não sou esse tipo de gente que vai espalhar as coisas que eu nem sei direito quais são. Que ela tá louca todo mundo sabe, louco aqui não é novidade, tem aos montes, é só olhar pra ver. Eu queria saber se não tem ninguém ouvindo, é um réqui réqui que não para e que horas que elas vão descansar isso eu também não sei. Mas eu vi que é bem cedinho que elas colocam umas sacolinhas pretas de lixo dentro do latão lá na curva das Camélias. Vão as duas, uma sacola em cada mão, andando lentas como se carregassem um pedaço do mundo. Fazem quatro ou cinco viagens todo dia, enchendo o latão da terra que era o chão que elas pisavam. Vão e voltam caladas e vão e voltam de novo, Cícera e Méuri com os olhos meio fundos e meio perdidos de quem não dormiu à noite. Eu também não. Elas estão loucas, doidas, fazendo o quê? Pode ser procura de tesouro escondido, mas também pode não ser nada disso. Pode ser algum tipo de reforma, obra de casa que não consigo entender, porque sou já bastante antigo, mas o que eu sei é que construção nenhuma fica em pé sem chão, casa não voa. Cícera e Méuri também não voam, não são santas aquelas duas, Méuri que saiu de dentro da mãe no dia de maior calor que eu já vivi, a Cícera parindo a filha sozinha e urrando e o sol a pino e toda a gente em volta da casa que é essa mesma de hoje e se batiam à porta e ofereciam ajuda a Cícera berrava ainda mais alto que não precisava de ninguém ali, que fossem trabalhar rezar dormir morrer, ela mandou alguém morrer enquanto a Méuri atravessava os seus quadris e rasgava as carnes, isso eu não sei, só imagino, e não era nem duas da tarde quando toda a gente ouviu o choro miúdo da menina que chorava baixo talvez com medo da mãe que ainda urrava e o suor que escorria da minha testa não devia ser nada comparado a tudo que a Cícera perdia ali, as águas do corpo, os vermelhos do corpo e eu não vi, ninguém viu, mas deve ter logo enfiado a Méuri nas tetas porque o choro sumiu e os berros também e agora gargalhava a Cícera e sumia a Méuri lá dentro daquela casa no dia de maior calor que eu já vi, que foi tem quase vinte anos.

E depois veio a neném da mesma barriga rasgada da Cícera e é o mesmo pai e eles acham que eu não sei, mas a minha casa tem seis janelas e uma delas vai dar na cara delas e não adianta subir muro porque quem é vivo entra pela porta e quem é vivo faz filho em quem é pobre e é muito estranho que um útero possa dar vida por tantos anos assim, Méuri muitos anos e agora uma bebê que nasceu de mãe idosa, é tudo muito estranho e esse parto outro não foi aqui não, mas no hospital de Candeia, se parir já é difícil pra mulher nova, imagina pra velha da Cícera, carcomida, enrugada e fedida.

Cícera nem sempre foi tão terrível, tá cada dia pior, azedou com a usina mas parece que azedou ainda mais agora que a usina sumiu, que tudo foi embora, que o homem dela morreu, que ficou o vazio. Ninguém entende a Cícera, eu nunca nem tentei. Tenho mais o que fazer, mesmo que seja só ficar parado aqui olhando o vento, que nunca vai embora.

15.

O Paulo era menino quando eu cheguei aqui, agora é homem-feito, barba na cara, um amor no peito, coitado, foi amar justo essa menina filha do Sebastião, filha do recém-mortinho, Alma branca-leite, cabelo escorrido no meio da cara e os sobrenomes importantes pousados no ombro deixando tudo mais pesado. O Paulo é como se nem tivesse sobrenome, diz pra todo mundo que se chama Paulo do Espinhaço, como se aqui não fôssemos todos, mas o nome pegou e eu acho que se ele tiver que assinar documento é capaz de assinar assim mesmo, nem diz pra ninguém que é filho do Sílvio Dias, outro já morrido, mas homem muito direito.

Paulo era o único menino que morava nessa vila de gente seca quando eu cheguei e é claro que ele ficava me olhando com uns olhos imensos, eram só sete casas e todo dia tudo era igual até o dia que chegou um preto louco, a carne viva e os gritos de madrugada, que eram da dor da carne e também da dor do resto, então o Paulo tinha sim curiosidade de mim e ficava me rodeando, percebi isso logo que comecei a abrir a janela da

55

casa da Teodora, a colocar os pés pra fora da casa dela, a ir ali rapidinho na capela, o Paulo tava perto, menino miúdo nos seus cinco anos, no seu chinelo de dedo, no cabelinho embolado que não via pente quase nunca e nas canelas foveiras embranquecidas de criança que brinca o dia inteiro. Os olhinhos dele grudados em mim e eu comecei a gostar daquela companhia que nem nunca falava não, mas tava sempre do meu lado. E quando eu saía andando pra longe eu não precisava olhar pra saber que ele vinha atrás de mim, arrastando o chinelo e um monte de perguntas que ele nunca teve coragem de fazer, até hoje não fez. O Paulo tem língua curta, mastigada, língua engolida e eu acho isso uma coisa boa.

Não era todo dia que eu ia pro campo, mas era quase. Eu gostava de colher flor, as sempre-vivas, que continuavam vivas mesmo depois que eu morri. Elas eram as flores preferidas da minha mãe e a Dalila também gostava delas e eu ficava pensando que a vó morrida antes de conhecer a neta deu um jeito de ensinar pra ela a boniteza que era a sempre-viva, uma coisa só das duas e eu no meio orgulhoso de um lado ou de outro e me enfiava nos campos pra colher tudo quanto pudesse, era um jeito de esquecer o resto ou pelo menos de fingir que esquecia. As brancas branquinhas sendo as mais bonitas. Sempre-viva tem pra todo lado aqui é só andar um pouco pra um lado ou pro outro onde o mato começa a crescer, tem que enfurnar e procurar depois colher, eu colhia tanto. Só não conseguia mais juntar todas elas no topo da cabeça, porque cabeça com pele fina dói demais e aí eu só levava um pouquinho pra casa da Teodora e deixava ali num banco de alvenaria que ela fez bem embaixo da janela do quarto e muito rápido ela vendia as flores, sempre tinha quem queria, as pessoas passavam e levavam ou ela deixava na venda do Feijão, e acabava rápido e eu comecei a achar que eu tinha que levar mais porque a Teodora tava me dando de tudo, eu tinha de devolver.

Fui colocando um pouquinho assim na mão do Paulo menino e ele ficava forte de repente, sabendo da responsabilidade da flor, as sempre-vivas na mãozinha feliz, e um dia ensinei pra ele como é que fazia pra tirar a flor da terra no dia certo na hora certa se tira antes não nasce mais e tudo se acaba, e ele aprendeu, a mão dele era boa e a gente começou a voltar os dois pesados de flor que a Teodora vendia e o Sílvio Dias logo viu que o menino era bom e falou pra ele que em Candeia e em outros cantos tinha gente que até vivia de vender flor e que se ele quisesse, quando fosse adulto, podia viver disso e o Paulo quis mas não esperou ficar adulto, a mãozinha pequena boa de colher.

Um dia eu disse a ele que tinha que queimar a terra com cuidado e chamei vamos lá comigo você vai ver o fogo pegando, a flor só nasce depois do fogo, mas não é de qualquer jeito, porque fogo espalha igual o demônio, tem vez que o fogo é ele mesmo o demônio cão invertido, vem que eu te ensino e ele foi comigo, menino curioso, mas eu não consegui colocar fogo em nada, já me bastava eu inteiro ardendo por dentro. Já me bastava o outro fogo. Eu chorei um pouco alguma coisa e ele lá, os olhos dele lá.

Hoje o Paulo do Espinhaço é homem-feito, amor no peito, a casa é a mesma, o Sílvio Dias que morreu orgulhoso do filho trabalhador, mas preocupado do filho montado em moto, é tudo igual o Paulo, ele só não tem curiosidade de mim. Ou talvez até tenha, mas falte o tempo. Os olhos são os mesmos, tudo lá.

16.

Já tem quase dez anos que a Teodora morreu e ainda parece que foi ontem. E às vezes parece que ela nem nunca morreu, mas é claro que isso Deus não ia deixar me acontecer, eu sei que não. É como se tudo aqui na Quina da Capivara tivesse impregnado dela e eu acordo já me perguntando se tá cedo demais ou se já é hora direita de chegar lá na casa dela pra tomar um café que eu mesmo vou passar, mas que tem o gosto da casa da Teodora. Eu ainda acordo todos os dias pensando nisso e leva alguns segundos até que eu me lembre que não tem mais Teodora, que a Teodora se acabou, que já faz quase dez anos que eu não tomo café com ela, que eu não converso com ela e que ela não conversa comigo. Mas às vezes ela conversa sim.

A Teodora é a única pessoa daqui e do mundo inteiro que sabe o que eu fiz, foi só pra ela que eu consegui contar do fogo e de tudo o que ele me tirou. Do fogo ela já sabia, todo mundo sabe, porque eu cheguei aqui com a pele soltando do corpo e o cheiro de carne queimada viaja mais rápido que a pessoa.

E quando eu contei tudo que eu não queria lembrar mas

que nunca ia embora de dentro de mim ela ainda enxergava e eu vi que os olhos dela não me olhavam com desafeição ou moléstia, e eu tinha medo que ela parasse de ser minha amiga, de me chamar da janela de casa para ter com ela uns minutinhos no fim da tarde, mas parece que depois que eu contei ela começou foi a me chamar mais vezes. A Teodora é a única pessoa daqui e do mundo inteiro que sabe o que eu fiz, mas ela já não sabe mais porque morreu.

E quando eu olho da minha janela e vejo a casa dela ali, no mesmo lugar em que sempre esteve, e a Luzia filha dela ali, andando com o mesmo passo rápido de quem quer dançar que nem a mãe dela tinha, os orixás que eram da mãe pendurados no pescoço, a mesma determinação de não ir embora nunca, e a Teodora achava que ela ia escapulir tão cedo tão logo, quando eu vejo isso fico pensando que ela pode até ter me acolhido e me aceitado e olhado pra mim com os olhos bons que ela tinha, mas alguém em qualquer lugar não me acolheu e nem me aceitou e se a Teodora morreu foi pra me punir de tudo o que eu fiz. Tem que ser idiota pra não ver e isso eu não sou.

A minha casa tem seis janelas, seis convites, seis dores que doem em quem tem olho e tem duas delas que só me mostram a capela capelinha, a porta azul e a cruz imensa, a capela capelinha querendo dançar se exibir se insinuar inteira pra mim e desde que a Teodora morreu eu nunca mais fui ali dentro porque não tenho nada para agradecer e eu não dou conta do silêncio que fica ali e eu gostava mesmo muito da capela e achava bonita a ideia de ser vizinho de um lugar que é tão importante especial bonito mas agora eu já não acho mais e não suporto a existência da capela. Capela maldita casa do cão casa do caos e é por isso que eu quero cortar uns panos, talvez um cobertor pesado que não tem nem razão de ser aqui, eu quero fazer duas cortinas e essas janelas do demônio nunca mais vão me mostrar capela nenhuma, vazio nenhum, mas é difícil demais cortar um cobertor de lã com uma tesoura cega e parece uma piada que até a tesoura tenha ficado cega pra me lembrar da minha amiga que já não está mais aqui. Tem que ser idiota pra não ver e isso eu não sou.

17.

Eu gosto de visitar a Teodora no cemitério, eu já sei que ela tá morta, eu sei que ela não responde, mas ela foi a única pessoa que eu amei e enterrei. Já amei outras pessoas, mas não enterrei nenhuma, a minha mãe eu não tive a coragem, fiquei enfiado em casa fumando e chorando e sentindo e uns parentes e umas vizinhas foi que resolveram qualquer coisa, foi quem colocaram a minha mãezinha debaixo da terra e depois vieram me dizer que deixaram ali pra ela um ramo de sempre-viva muito amarelinha em meu nome, mas ela sempre gostou foi da flor branca, que tragédia. Eu era um menino, magrelo, os pés cascudos de andar descalço, a cara limpa sem um fio de barba e agora flor amarela e ela gostava de branca. Tereza e Dalila ninguém enterrou, nunca mais soube de nada, mas não se enterra o que deixou de existir, isso eu sempre soube. Já enterrei gente que não amei, já fui em velório de patrão, de filho de amigo que mesmo que eu gostasse muito não era meu coração ali e doeu ver um amigo chorando, doeu, mas não era eu. A única pessoa que amei e que eu mesmo enterrei foi a Teodora, essa amiga tão bonita que a vida me deu e ela morreu e eu fui lá com a Luzia e velei o corpo com a Luzia a madrugada inteira e cantei um samba com ela e a Cícera tava também e cantou também porque foi isso que a Teodora pediu pra gente, mesmo que o que eu quisesse mesmo era chorar. Diz que deu, diz que deu, diz que deus dará. Eu vou me indignar e chega.

Eu ainda canto se vou ver a Teodora no cemitério, sei que ela não responde, mas é um jeito de lembrar, não é não? O cemitério não é perto, é pro lado de Candeia, igual o resto inteiro, e tem que sair muito cedo pra não ser engolido pelo sol ou, se der, tem que esperar carro bom passar, mas carro bom já não passa aqui e se passa já não para pra um velho feito eu, caquinho do pé à cabeça. Até outro dia tinha a usina e isso era algum movimento, mas agora é só o vazio inteiro que cabe no fim do mundo, não tem ninguém, não tem mais ninguém mas continua ventando. Se saio bem cedo eu chego, a água da bica ali é a mais gelada que eu conheço, não foi uma nem duas madrugadas que eu acordei morrendo de sede e desejando as águas do cemitério, só elas e mais nenhuma, e aquilo me assustou demais, não sei se significava alguma coisa, mas devia. Tudo significa alguma coisa o tempo inteiro. Mas não, nunca fui no cemitério matar a sede não, que não sou louco, mesmo quando sou, eu só vou ali pra ver a minha amiga e esses dias tá uma ferveção de gente pra lá, o homem que morreu de caminhão, Sebastião rico importante até bonito já foi e vem visita de tudo quanto é lugar, sei porque as pessoas falam, mas eu fui também.

A Cícera não para de chorar, não para de cavar, o fim do mundo bem no meio daquela cara dela.

Eu fui mais de tardezinha já de sol baixo porque o calor tá castigando e porque eu não sou muito chegado em toda essa gente, eu fui pela Teodora, cantar pra ela, mas acabei passando no túmulo do homem também e parece que todas as flores do mundo tavam ali e nenhuma na Teodora, nenhuma em todos os outros mortos enfiados debaixo daquelas terras, o Sebastião já chegou pegando tudo pra ele e era isso mesmo que ele fazia. E lá no fundinho do meu ouvido eu escutei a voz que eu conhecia, e claro que não era a Teodora, tava morta, mas era ali da Capivara também, a Maura, doida, doidinha, que andava pra todos os lados carregando um coelho e gargalhando feito uma porca mas ali falava baixinho e dizia meu irmão é melhor a gente ir embora, ele não tá aqui. Achei estranho, achei sim, mas não era assunto meu, de modo que cantei pra Teodora e fui embora pra casa, caminhei mais de hora, mais de duas horas três noites inteiras e cheguei morrendo de sede da água do cemitério.

Deus é um cara gozador, não é? Deus que me perdoe. Deus que vá pro inferno.

18.

É tão esquisito que nem consigo explicar, mas o que eu vi não sai da minha cabeça e nem vai sair hora nenhuma porque tem coisa que não se apaga da gente nem com reza e eu sei que a Cícera continua lá, no raspa-raspa feito uma maluca, como se quisesse encontrar o inferno debaixo da casa em que vive. Até a Méuri já foi embora, que ninguém aguenta ver uma mãe assim, só não sei como é que teve coragem de deixar a bebezinha nas mãos dessa Cícera que já não é mais ela, é a ventania, é uma pá imensa e insana que nunca para de trabalhar. Já é um buraco enorme, mais alto que eu e eu não sou um homem baixo, mais de metro e oitenta, pele, osso e todas as rugas do mundo aqui nessa cara, cem anos inteiros ou mais, um pouco mais. É esse buraco enorme e bem no meio do terreno a casa, lá no alto, como se tivesse brotado do chão, rasgado a terra pra ficar existindo no meio de uma piscina imensa vazia. Nem consigo muito explicar tem que ver, ver com os olhos de cada um, mesmo que não interesse, porque é uma coisa interessante, também, uma casa quase voadora no meio de um buraco que não para de crescer.

64

E ela lá, coitada, toda vestida de branco, pelo menos isso é bonito, branquinho branquinho.

Já nem sei como é que ela alcança a porta, porque em volta é tudo buraco, terra revirada que ela e a Méuri levaram embora em sacos pretos, como a polícia leva os corpos nos filmes e nos jornais, mais nos jornais do que nos filmes, eu acho. Não tenho televisão em casa, nunca quis, era só mesmo na usina que eu via as coisas, mas agora eu não tenho nem televisão e nem usina, mas ainda tenho juízo, o que a Cícera não tem, não tem descanso, também, a madrugada inteira com a cara enfiada no chão, o vento bate nas costas, eu arrepio e ela não.

O que que é que essa maluca tá fazendo madrugada afora com uma pá que é do meu tamanho?

Que buraco maldito é esse?

Como é que ninguém tá vendo, só eu? Como é que as pessoas dormem quando é madrugada e o raspa-raspa não para insuportável nos meus ouvidos, atormentado na minha cabeça, onde é que essa louca vai parar? Onde é que eu vou parar? Ela tá louca de comer cactos já, eu sei porque eu vi. Não era sopa não, mastigava direto a carne dele com aqueles dentes amalucados, como se fosse frango ou algodão-doce, louca inteira, cuspindo espinho na minha cara.

Se alguém quiser eu fico com a bebê, claro que eu fico. Bonitinha redondinha até. Branquinha deve ser, será? Igual o pai.

Não foi ninguém que me contou, nem não imaginei também, porque eu voltei lá outra vez e outra e volto hoje de novo, mas só se não tiver vento, porque se o Vazio vier eu não saio de casa mais não, já tá tudo estranho esquisito demais, se o Vazio vier eu fico quieto embaixo das cobertas enquanto a Cícera se enfia debaixo da terra, como se fosse um defunto, uma morta, como se já não tivesse morrido gente demais e desaparecido gente demais por aqui, como se fosse tatu-fêmea ou qualquer outro

65

bicho que se enfia na terra formiga avestruz caracol toupeira minhoca escorpião diabo diaba.

Não têm medo do vento, não tem medo do louco?

19.

Minha função era vigiar. Ficava ali enfiado na guarita, os olhos bem abertos, arregalados mesmo, protegendo as preciosidades da Usina dos Ventos, que nem sei dizer quais eram. Eram as torres, claro, mas tinha muito mais que isso, ainda tem, já que ninguém levou embora. Alguma coisa mágica que fazia guardar o vento, mas não me pede pra explicar que eu não sei. Sabia proteger, isso eu sabia. As coisas ali dentro valiam dinheiro, ainda deve ser que valem, deve ser caro demais transformar o vento em energia e o que o homem de terno branco falou no dia que conversou comigo e me deu o emprego foi bem simples: ninguém entra aqui. Se tiver alguém rondando de madrugada, não interessa quem que é, pode ser o papa, pode ser o presidente, pode ser o Jesus ele mesmo, você aciona o alarme. E acionou o alarme para me mostrar como é que era, e era o maior barulho do mundo, as sirenes gritando, as luzes piscando e diz que a polícia devia chegar logo também, mas isso não aconteceu porque ele mesmo desligou o alarme, fez uma ligação e aí tudo seguiu como se nada tivesse acontecido. Eu tava contratado, só não vai gastar seu dinheiro todo com cachaça, hein?

Nunca nem achei que fosse trabalhar onde não era fazenda, mas é quando a gente acha mesmo que sabe das coisas que vem o mundo e diz que não, que vai ser tudo de outro jeito, a gente sendo só fantoche boneco brinquedo de deus ou do diabo onde não tem vaca nenhuma, nem boi, só vento e uns cactos e cobra comprida. Minha função era vigiar e balançar a cabeça e dizer sim senhor pro homem de terno que era o meu chefe e ele não foi um só, mas três. Três homens de terno vieram com suas barrigas e suas certezas e três homens de terno foram embora com suas fortunas e seus cheiros sempre horríveis. O último desapareceu, foi embora levando tudo, a usina inteira, menos o que ficou.

Era ele que dizia que minha função era vigiar, mas um dia me pediu um favorzinho, como ele chamou. Coisa boba mesmo, apesar de muito esquisita. Ele me deu uma nota de cem reais, toda bonita, lisinha, nenhum amassadinho, o peixão mergulhando e aquela mulher empalidecida com as folhas na cabeça. Pediu pra eu trocar tudo por moeda, lá no Feijão. Eu podia levar embora no fim do meu turno e trazer de volta quando entrasse novamente, não tinha urgência, foi o que ele disse. É claro que o Feijão não tinha cem reais em moeda e mesmo que tivesse não ia me entregar todo o trocado do caixa sem nem saber pra quê. Então eu fui até Candeia, de carona, e troquei tudo lá, mas precisei de ir em duas padarias e uma banca de revistas porque ninguém queria me dar as moedas todas e eu entendo, eu também não ia querer. Um latão assim de moeda.

Quando voltei pra trabalhar fui carregando uma bolsinha com as moedas e o ternudo apareceu cedinho lá na usina pra me perguntar justamente delas e eu entreguei, eu tinha contado e recontado as moedas pra ter certeza que tinha os cem reais ali, e tinha, cem reais certinho em moedas de um real, cem moedas redondas brilhantes dentro da bolsa e ele nem olhou pra elas, nem fez assim com a mão pra sentir mais ou menos o peso e pelo menos imaginar se tinha ali os cem reais que ele tinha me dado, saiu andando com as moedas não disse obrigado, isso eu nunca ouvi da boca dele. Mas gargalhou, pela primeira vez ele gargalhou eu vi os dentes dele e falou qualquer coisa da Cícera, jogar moeda nela, não entendi e nem perguntei, a minha função era vigiar.

Desde esse dia, de tempos em tempos ele passava ali na minha mesa e me entregava uma nota ou duas ou três, sem dizer palavra. E eu ia lá, procurar as moedas, trocar as moedas, cem ou dez milhões de moedas brilhantes enfiadas numa sacola e o homem cheio de dentes que odiava a Cícera não sei por quê. E o que será que esse homem fazia com esse dinheiro, eu nunca vou saber porque agora já não tem usina, já não tem o homem, e as moedas que existem estão espalhadas pelo mundo inteiro, mas não aqui.

20.

Ninguém pode sumir assim, tirar o trabalho de um velho quase morto feito eu sem nem dizer o porquê, bem mais de cem anos. Uma Usina de Ventos, Eolioelétrica Experimental, o morro do Camelinho que diziam que era o futuro de quem ainda não está morrendo, isso tudo não pode simplesmente ir embora, portão trancado e silêncio assim de repente. Mas então o quê? O Marcelo, coitado, chegou aqui em casa quase branco, no outro dia, pra saber o que é que eu tinha escutado e o que é que a gente ia fazer. O Marcelo, diferente de mim, era novo, fortalecido, o trabalho era pra alimentar família inteira, pagar a casa que ele construiu no bairro bom de Candeia. E agora isso, coitado, portão trancado e silêncio. Nem o carro brancão ele terminou de pagar.

Tem muita gente falando todas as coisas, mas eu prefiro não inventar, eu falo o que sei, o que vi ou ouvi. Eu não invento, isso acho errado. A Maura doida de tudo diz que viu coisa terrível, o Sebastião tão rico parece que estrebuchou na hora mais estranha que tem para estrebuchar, nem duas semanas depois do grande segredo da usina. Não queria que tivesse morrido não, mas morreu. Eu acho estranho, talvez não, nem sei.

A verdade é que eu não pensava em começar um trabalho novo com setenta e poucos anos, a vida inteira tinha sido eu na fazenda com as vacas, mas a vida inteira eu não podia imaginar que ia acabar como acabou. A usina ficou sendo tudo o que eu tinha e o trabalho era fácil, eu era vigia mas não tinha nada nem ninguém para vigiar. Era doze por trinta e seis, eu trabalhava doze horas e depois folgava trinta e seis horas que é mais que um dia inteiro e isso pode parecer confuso, mas o corpo da gente se acostuma, o corpo acostuma é com tudo. A primeira coisa que eu comprei foi uma garrafa térmica, não é fácil ficar acordado das sete da noite às sete da manhã, nem mesmo quando você tem insônia, como eu. O café te ajuda a não dormir e a não enlouquecer.

É assim: a garrafa fica longe da mesa, de preferência em outro quarto. Daí, quando a coisa começa a ficar esquisita, o tédio, o medo ou o louco, é hora de ir buscar um café, que também é um jeito de espantar qualquer coisa ou o vento. Balança o corpo, alonga os ossos e enche a caneca bem enchida e depois enche a cara bem enchida de café. O Marcelo gostava de falar encher o rabo de café. Ainda gosta, não morreu não.

Comprei a garrafa porque o café que eles deixavam para mim era pouco e fraco e parecia mais um melado do que um café, talvez a usina tenha fechado porque o dinheiro acabou por causa do tanto de açúcar que tinha que comprar pra Eugenia fazer o café que ela fazia. Ficasse um pouco mais no fogão e virava calda de pudim, o pudim da Teodora era uma coisa que todo mundo devia experimentar na vida, mas ela morreu, coitada. Acho que esse café melento devia ser a última coisa que a copeira fazia antes de terminar o serviço e já devia estar cansada e querendo ir embora e era só o café do vigia, ninguém ia reparar mesmo no café do vigia, nem eu. Mas eu tomava mesmo assim, depois que o meu acabava.

Eu chamava o meu de café de verdade e o dela de café de sobremesa. O café da Cícera já tomei, é de sobremesa também.

Eles deixaram na sala guaritinha dos vigias uma televisão até bem grande e tinha dois ou três canais que pegavam sem formiga e isso também ajudava o tempo a passar, mas na sala do vigia ficava o vigia e a função do vigia é vigiar. O que eu quero dizer é que um bom homem tem que ser bom de ouvido e não dá pra se distrair com o som da televisão porque aí talvez você não escute o som de verdade. Eu assistia muito, mas sempre ficava no mudo, barulho nenhum, que era para eu escutar os perigos. Tinha perigo ali não, mas eu nunca aumentei o volume, também porque me acostumei a criar eu mesmo as conversas na minha cabeça.

Eu ligava ali na novela e via aquelas pessoas que eu não sabia direito quem eram, mas que eram sempre as mesmas, os brincos enormes e os cabelos penteados e as bocas mexendo e mexendo e eu ia imaginando o que é que elas gostavam de falar umas pras outras e às vezes eu até ria, mas o problema é que as novelas acabavam muito antes da meia-noite e o meu turno muito depois. E aí vinham os filmes, mas com eles era mais difícil porque era sempre a primeira vez que eu via aquelas pessoas e as suas bocas e minha cabeça não tem tanta criatividade assim.

Quando ia amanhecendo o jornal começava e aí deus me livre, eu não queria escutar era nada. Encher o rabo de café, de novo. E agora nem isso. Tiraram a minha usina de mim e ninguém nem me contou o porquê. A doida da menina Maura tá dizendo que viu coisa, doidinha.

21.

Ninguém falou nada, nem antes nem depois, foi assim, na madrugada alta, no tempo de uma lua. Na quinta-feira tinha usina, tinha escritório, tinha chefe, na sexta-feira tinha não. Não era dia meu, era o Marcelo, eu tava era de folga. Foi ele, coitado, que chegou e deu de cara com o cadeado, desses enormes, a corrente pesada enrolada feito jararaca no portão. Ele precisava entrar pra trabalhar, tomar conta da usina, das máquinas, da energia do futuro, do vento lá guardadinho pra fazer o mundo acontecer, mas como é que entra com o portão todinho trancado? Ninguém nunca tinha visto aquele portão trancado, cadeado, coisa esquisita, mistério, mistério, ele acabou indo embora porque não tem como trabalhar em um lugar sem estar dentro dele, foi embora e no dia seguinte voltou cedinho, antes das sete que era seu horário de ir embora, não bateu ponto pra entrar mas se tivesse, batia pra sair, mas é claro que tava tudo igual, o mesmo cadeado no mesmo portão e foi aí que ele me chamou pela janela, a minha casa sendo o que existia mais perto da usina, será que eu não tinha escutado nada pela madrugada? Mas eu não escutei, não, e não tô surdo, eu não escutei porque não teve barulho. Nem antes da madrugada.

Amanheceu e já não tinha mais usina, o tempo de uma lua depois de tantas que eu vi nascer metido ali. As torres estavam lá, inteirinhas, gostosas, inúteis, ninguém some com quatro torres de trinta metros de altura, nem se quisesse muito. Mas era só elas e o portão e o cadeado, eu fui com o Marcelo ver e não tinha ninguém, os homens importantes e os homens técnicos que vieram todos de outro lugar porque eram os únicos que sabiam de usina, não apareceu ninguém, nem carro, nem recado, e as nossas coisas todas lá dentro: mochila, garrafa, chapéu. Tudo trancado, jararaca-cadeado, a copeira tinha deixado até o perfume dela, coitada. Eugênia. O perfume era gostoso, a usina fedia. Mas a gente se acostuma, com isso e com qualquer coisa. Era fim do mês, tinha salário, e já passou mais de dez dias e esse aí a gente não viu. A mochila sim, porque dia desses o cadeado amanheceu partido e isso até que eu escutei, mas preferi ficar quieto na minha cama porque o vento ventava e eu já tinha esquisitice demais na cabeça, sandice. De manhã a gente foi lá, tudo no mesmíssimo lugar, como se a vida não tivesse parado, mas parou. O cadeado quebrado no chão, era só empurrar o portão e entrar, claro que a gente entrou. Deu nem tempo de juntar poeira, tava tudo igual igualzinho, eu peguei as minhas coisas porque eram minhas mesmo e abri gaveta em busca de recado, mas isso não achei. Fui embora e nunca mais voltei.

22.

Fogo é danação. É um preto velho com um cachimbo imenso soprando fumaça e a língua de lava lambendo a cara de todo mundo que dorme ou que não olha para o lado certo. Num incêndio tudo morre, morre rápido e dói fundo, eu sei porque eu morri. Ninguém sabe como começou, isso também é coisa que o fogo faz, Xangô de saia vermelha cuspindo chama pela boca, ele não quer morrer mas alguém vai. O vento ventava escorrendo pelas frestas da nossa casa, assoviando na janela do meu quarto, fuuuuuuuu, elas dormiam e eu também, mas no fundo da minha cabeça além do barulho tinha uma coisa esquisita que ficava entrando no sonho, se esgueirando na cama, dizendo é hoje que vai tudo se acabar. E eu dormindo. Zuuuuuuu.

O vento e o fogo deus que me livre de se encontrarem, mas foi exatamente isso que aconteceu, os dois entraram juntos-ferozes cantando onde a gente morava que não é longe daqui e entraram na minha cabeça e me fizeram correr louco ventando soprando uivando para o lado de fora, eu fui sozinho, eu fui embora, e elas lá, as lambidas do fogo nas caras mais lindas que já pisaram nessa terra, as duas minhas, muito minhas, e você deve estar pensando que eu fui pedir ajuda, que eu gritei socorro mas não, eu corri as minhas pernas dali e nunca mais voltei.

Os pés de quem sai de uma casa pegando fogo são os pés do fim do mundo, as bolhas que crescem molhadas e amarelas e ficam pretas e se soltam levando com elas a pele inteira da sola dos pés e quem corre em carne viva fica louco, mas se você já era ou já estava louco antes disso você só corre, deixando os pedaços de corpo pelo caminho, mas o que é isso perto de tudo que já tinha ficado para trás? As caras lindas e minhas na casa tomada de Xangô. E eu corri o meu corpo inteiro e não voltei nenhuma vez e não gritei nenhuma vez e só fui parar quando cheguei nas capivaras e isso são dois dias de longe. E isso é aqui. Minha cabeça era toda o maldito, o Vento Vazio, e o meu corpo era nada, eu morri e uma manhã qualquer eu acordei na cama da casa da Teodora, e as pomadas todas e umas faixas brancas e eu morri naquele dia e depois nunca mais, mas eu sigo rezando e pedindo.

23.

Quando você acorda de um sonho horroroso, o gosto ruim na boca é de verdade e nunca vai embora. O azedo que você engole e engole de novo, não vai embora, fica ali para te lembrar que aquela noite não vai sair de você. Às vezes a gente atravessa uma porta, um portão, a gente ultrapassa um limite. Alguns sonhos são muito mais que isso, são horríveis mas não são só sonhos. Alguns ficam no nosso corpo, na nossa pele, no gosto azedo, por muito mais tempo que umas poucas horas.

Os sonhos de remédio são quase todos assim, você chega nesse lugar em que não é bom estar e de onde não dá pra sair, talvez seja o inferno, eu falo isso porque sei, eu sempre acordo empápado, o suor do corpo inteiro como que tentando me derreter, o cheiro do cão, quem sabe virando água salgada não fica mais fácil de me levarem para o fundo da terra, pingando aos poucos no fogo eterno, não é isso que eles querem?

Quem são eles? O que eles querem sou eu?

Os remédios todos eram para um corpo queimado, um corpo meu, já velho, mas muito menos do que hoje. Hoje tem bem mais que cem. Os remédios eram para as bolhas cheias de espuma amarela, para os pedaços onde a carne se queimou e continuava cheirando como carne na brasa muitos dias depois, para a cor fortona viva rosada melada aparecendo justo em mim, que sempre tinha sido tão escuro e sem brilho. Os remédios eram todos brancos, todos pro corpo mas faziam também um novo incêndio na minha cabeça, o dia inteiro sem enxergar direito, fumaça esbranquiçada sufocando as lembranças, deixando engasgar qualquer sentimento, tossindo fora o coração e era por isso que eu gostava tanto dos remédios, eu preferia doer, eu merecia me doer inteiro, mas eu quase conseguia não sentir e isso também era uma forma de respirar.

A minha fome hoje é só de morrer mesmo, de escorrer embora do mundo e de não precisar lembrar nunca mais, nem por um minuto segundo, do barulho do fogo queimando a casa, do barulho do fogo queimando as camas e os colchões, do barulho do fogo queimando a carne e das labaredas cuspindo meu nome, minha culpa, meu deus, que deus?

Eu ouvi elas gritando, elas diziam Miguel e Miguel sou eu.

24.

Fogo é danação, mas o Vazio também é. Um vento dentro da cabeça da gente mói os sentidos e espalha nosso juízo como areia na praia. Eu nem nunca vi o mar, não sei que cheiro tem a água salgada, o meu afogamento é outro, de cachoeira, de tromba--d´água, sem fôlego nenhum porque o vento inunda os pulmões da gente de susto e de lembranças do que nem aconteceu. Meu mundo começou a acabar no dia que a minha casa se queimou, eu morri mas o inferno continuou e continua até hoje, eu já devia saber que a Quina da Capivara era um tipo de purgatório, alguém que eu não sei quem preparando a minha alma para não sei o quê, quem manda aqui não é ninguém, não sou eu, nem a Cícera, não é o Paulo com sua menina e menos ainda a Maura louca louquinha doida de tudo, doida de coelho, quem manda aqui é o Vento Vazio ventando na cara da gente, cobrando pedágio todos os dias, conta alta que moeda nenhuma dá conta de pagar. Quem mandava aqui era a Teodora, que já morreu, agora quem manda é a poeira que arde meus olhos sem os óculos que eu perdi já faz mais de dez anos e nunca mais comprei outros porque não quero ver nada, eu já sei de tudo e já vi tudo o que tinha que ter visto que foi o fogo ardendo as paredes cor de tijolo de uma casa com telhado e chifres e lá dentro tudo o que eu tinha, que não eram óculos nem outros objetos era o meu coração cor de tijolo, a minha menina Dalila e sua mãe Tereza, meu coração que batia, agora o fogo ardeu queimou virou cinza e eu corri dois dias e duas noites os pés em carne viva soltando uns pedaços de pele pelo caminho feito cobra crescendo mas o veneno eu não vi.

Fogo é danação, mas o vento também é, uma casa sem Tereza sem Dalila é danação, uma noite sem usina também é. Eu sou só um pedaço, aqui, na esquina do inferno, um louco no meio dos loucos, das doidas, esperando outro fogo qualquer pra me buscar, tomando um café dormido enquanto eles dizem o velho o velho o velho. Eu tenho sim duzentos anos mas não fiz pacto com ninguém, nem comigo mesmo eu fiz qualquer coisa, porque eu não confio, não dá pra confiar em nenhuma alma desse chão, a gente só não é pior porque a parede de pedra imensa é peneira de desgraça, quem me falou isso foi a Teodora dois dias depois de uma desgraça e dois dias antes de outra, só um idiota pra não perceber que era tudo mentira a parede imensa de pedra não barra nada, a usina ventou a minha vida e a parede imensa de pedra, o paredão, o que ele faz é não deixar as maldições os esconjuros irem embora fica tudo aqui, batendo e voltando na nossa cara, todos os dias, e eu já tenho duzentos anos e nada mudou.

Fogo é danação, mas eu também sou.

25.

Não é só a coelha da Maura que tem os olhos vermelhos, a menina também, a Cícera tem um olho só mas a essa altura eu já nem sei, só olha pro chão a desgraçada, cavando cavando vai furar o chão e vai vazar inferno e vamos todos morrer, talvez não a coelha, talvez não a menina, mas eu vou, eu tenho fé que vou, elas vêm me buscar, minha mãe menininha, a Dalila e a Tereza me segurando com aqueles dedos compridos que as duas dividiam, dedos sem dentes, as unhas roídas que as duas dividiam, a Teodora vem também me buscar, minha amiga já voou todo mundo já voou mas eu não, eu só ando os pés cansados na terra seca, quem come flor não voa, a Alma essa menina bonita de nome horrível não deve comer nem flor nem nada, é puro osso, ela não voa mas se tem vento voa sim, não sei como é que o Paulo não partiu essa menina ao meio, tão miúda a franja no meio da cara como se fosse criança mas criança não é, se ganhar neném tem que ter cuidado porque a doida come filhote, eu também como, se ganhar neném é melhor sair voando logo daqui, branquinha feito coelho, branquinha feito o vento, voa voa.

Eu não sei todas as palavras do mundo, eu sei quase nenhuma mas vento é uma que eu não esqueço, entrou na minha cabeça ardeu meus olhos me ventou inteiro vento vento, a outra palavra que eu sei é fogo. O fogo que me queimou por dentro, me queimou por fora, eu tenho cinco dedos em cada mão e na ponta de cada um deles tem uma chama, eu faço fogo, o fogo que me queimou fui eu mesmo que fiz, o olho na frente do fogo fica vermelho e o ouvido quando esquenta escuta mais, os berros ficam mais altos no fogo e entram dentro da nossa cabeça e eu sabia exatamente onde elas estavam quando elas gritavam e fui eu que fiz o fogo e também fui eu que corri enquanto elas gritavam e meus ouvidos escutavam tudo, fogo socorro me ajuda Miguel, o fogo alguém e meus ouvidos escutaram também os estalos que a pele faz quando o fogo e meus ouvidos escutam, até hoje fogo fogo e fui eu que fiz o fogo.

O LIVRO DAS OUTRAS

Sempre achei você um pouco minha filha, Alma, olha que absurdo. Não fui eu quem te pariu, muito menos fui eu que te criei, o máximo que me aconteceu foi saber que você existia e ver você andando vez ou outra pelos lados de cá, a teimosia desde pequena, soltando a mão do seu pai e correndo quando ele dizia pra você não correr. Agora eu te vejo muito mais, você tá aqui quase todos os dias e, se eu tivesse que apostar, depois dos últimos acontecimentos, diria que você vai se mudar pra cá de vez. Vou poder entregar essa carta em mãos ou passar por debaixo da sua porta quando você sair para o trabalho. Eu sempre vou saber quando você sair para o trabalho, porque eu sei das coisas e porque a porta da sua possível casa nova é muito barulhenta e já falei para o Paulo que é só jogar um óleo ou até umas gotinhas de azeite mas ele diz que não. Quem sabe você dá jeito? Não pense que é só porque a minha casa é a única que tem muros que eu não sei o que acontece por aqui. Sou Cícera, eu sempre sei.

Quem imaginaria a meninota branquela de cabelo escorrido com os cachos perfeitos nas pontas morando nesse fim de mundo? Quem imaginaria a princesa dos vestidos de tafetá com um laço maior que a própria bunda se enfiando numa casa de três cômodos e nenhuma cortina? Talvez você compre cortinas ou mande fazer. Talvez seu cabelinho se dê bem com a nossa poeira e com o nosso vento. Hoje você tem esses cabelos curtos modernos e atrevidos, mas quando era a sua mãe que decidia, não. Quando era a sua mãe, Olga sempre tão elegante, o seu cabelo era impecável, brilhante, comprido, e todo mundo comentava e a Méuri chorava porque queria um igual, coitada, o crespinho dela igual ao meu, que nunca vai ser igual ao seu. Mas como explica isso pra criança, me diz? Vocês nasceram no mesmo dia e isso é um absurdo, eu passei muito tempo pensando como foi que o seu pai conseguiu uma coisa dessas, será que ele namorou a sua mãe e eu no mesmíssimo dia? Será que foram horas de diferença? Ou será que alguém nasceu antes ou depois do que devia e aí ficou sendo o mesmo dia, o mesmo signo, só aqueles negócios de ascendente é que eu não sei, porque tem que saber que horas nasceu e eu não sei, isso eu não sei.

O que eu sei é que por conta do seu nascimento eu pari a Méuri sozinha, o seu pai não pôde vir, a sua mãe também paria, cheia de gente em volta, toalhas brancas mergulhadas no luxo que ela tanto gosta. Eu sozinha mergulhada no medo, eu achei que fosse morrer e tinha assombro de deixar a Méuri Bete ali, meio nascida meio dentro de mim, quanto tempo ia demorar até que alguém achasse a menina e puxasse de dentro da mãe morta e desse de comer ou cobrisse com um cobertor? Se bem que tava muito calor. O seu pai demorou sete dias para aparecer, você sabia disso?

Claro que não, você não sabia de nada, ninguém nunca soube, é o que se ganha tendo uma porta silenciosa na última casa antes do fim do mundo, não se vê quem entra, não se vê quem sai e foi ele que subiu o muro porque gostava da janela aberta e mesmo no fim do mundo de vez em quando ainda passa alguém, sempre tem um velho sem nada pra fazer, não é?

Sempre te achei um pouco minha filha, mas a verdade é que você nunca foi, você nunca foi filha de ninguém, nem minha, nem da sua mãe, nem do seu pai. Uma vez ele me disse que você era filha do vento, eu não entendi nada mas sorri como se tivesse entendido, como se tivesse achado bonito, como se fosse verdade. Deus é que me livre de ser filha do Vento, esse maldito, acaba-vida, que consome as nossas noites e que deixa todo mundo exausto sem nem saber por quê. Deus te livre, também, Alma. A verdade é que acho que você é filha da terra, mas veio sem raiz. E planta sem raiz é igual bicho com asa, pássaro bonito e bicudo: voa. Sou Cícera, Alma, e só queria dizer algumas coisas antes de você voar, é o que eu vou tentar fazer aqui, eu prometo que não vai doer. Ou, pelo menos, não tanto quanto doeu em mim. Paciência, é só isso que eu te peço. E, se você for ficar, que arrumem a porta, sem demora,

Seu pai sempre foi galã lá pelos lados de Candeia. A gente regulava as idades, ele deve ter nascido uns dois ou três anos antes, coisa pouca, dinheiro muito, mas isso eu nem preciso te contar. Quando a minha mãe tirou de mim a chupeta, ela disse que o Sebastião, que era um menino bonito, olhão azul, nunca tinha gostado de chupeta. Quando a professora entregou uma cópia do boletim na porta da minha casa, desconfiando que eu tinha sumido com o original, e a minha mãe viu que a matemática era impossível de entrar na minha cabeça, ela disse que o Sebastião só tirava nota boa e ainda aquele cabelo loiro escorrido, menino bom. Quando eu perguntei como é que ela podia saber disso, já que o Sebastião nem estudava ali, ela disse que aquilo não importava. Eu nunca nem tinha visto o seu pai, e acho que nem ela, tirando a foto que apareceu no jornal uma semana depois que ele nasceu, o tão esperado filho do Alfonso Ávila e esse eu sempre soube que era feio até doer os olhos, mas o seu pai não. O seu pai gostava de passar com o carro dele em volta da praça, uma, duas, três vezes, o cigarro apertado na mão pendurada pra fora. Ele passava devagar, olhando todo mundo que tava ali nos bancos, conversando, vendo a noite, sendo jovem. Ele tava também, mas sendo o jovem rico que ele sabia ser, o carro bordô totalmente limpo, os dentes brancos insuportáveis, tudo importante demais para que ele pensasse em descer ali e conversar com a gente. Eu nem sei quem eram os amigos do seu pai, você sabe?

Nessa época da praça, eu devia ter uns vinte anos e andava doida pra namorar. Eu tinha dado um beijo só, no Josué, filho da Lucinda, mas até hoje acho que não é de mulher que ele gosta. O seu pai nem sabia quem eu era e se você acha que foi nessa época que a gente se conheceu, não foi. Antes tivesse sido, se eu tivesse namorado o seu pai com vinte anos não tinha conhecido o Éder e não tinha casado com o Éder e nem apanhado dele até o meu olho pular pra fora da cara. Me bateu porque disse que eu tava de conversa com o açougueiro, justo o açougueiro, homem fedido e descabido. Depois de me espancar todinha ele sumiu, ninguém nunca mais viu, o desgraçado deve ter achado que me matou, mas a minha mãe me encontrou no dia seguinte, foi lá na casa em que a gente morava no quarteirão da praça mesma que seu pai passava sempre, ela foi pra me levar um bolo de laranja e eu tava lá, meio desmaiada meio chorando, mas tava viva. Sou Cícera e não morri de porrada de homem, Alma.

Foi aí que eu fui embora de Candeia, eu soube que tinha essa casinha aqui na Capivara bem de frente

89

para o paredão de pedra e faltando um olho em mim eu só queria mesmo era ficar bem escondida. Ficava em casa metida com as minhas coisas, eu tenho muitas muitíssimas coisas, meus panos, meus papéis, meus trecos todos. Eu tinha vinte e seis anos e não demorou nem duas semanas para eu descobrir que o seu pai passava pela nossa estrada quase todos os dias e muitas vezes ele parava na nossa capela e foi assim que a gente se conheceu, os dois de joelhos e eu devia ter entendido o sinal de Deus, ele era o homem que faria eu pagar todos os meus pecados,

Então, é que eu não sou daqui, eu não cresci aqui, na verdade tem pouquíssimo tempo que eu venho para esses lados, não faz muito que eu e o Paulo ficamos juntos. Mas é claro, eu posso dizer pra vocês tudo o que eu souber, só não vai ser muito. Eu espero, também, que vocês possam confiar em mim, porque as pessoas enchem a boca para me chamar de louca. Colocam suas melhores roupas, suas melhores caras e tem até quem use chapéu para falar da Alma, a maluca. Mas é óbvio que loucos são eles e é com a tranquilidade dessa certeza que eu deito a cabeça no travesseiro todas as noites. Meu pai, o distinto Sebastião Ávila, homem vaidoso e careca, morreu sem falar comigo, sem me olhar nos olhos, sem me dar bom-dia quando a gente se encontrava na sala de jantar, ele esperando o seu café da manhã ser servido por outra pessoa e eu ali só de passagem, como sempre me senti naquela casa.

A minha mãe, Olga bem-criada, só tinha parado de falar comigo na frente dos outros, era eu chegar que ela virava o pescoço desse jeito meio teatral que era a forma que ela tinha de dizer vejam, vejam, respeito o meu marido e já deserdei essa menina inconsequente-irresponsável-ingrata que precisamos chamar de filha, mas eu achava divertido porque era só estarmos sozinhas em casa que ela vinha me trazer um chá, um bolo, ou qualquer outra coisa que a permitisse bater na porta, sentar ao meu lado na cama e passar as mãos de unhas muito bem-feitas pelo meu cabelo, enquanto me pedia paciência e compreensão ou só comentava os acontecimentos do dia ou de alguém que tivesse morrido na última semana.

Mas agora o meu pai morreu e foi muito rápido, quase imediatamente alguma coisa mudou e era como se ela precisasse ocupar o papel dele e o desprezo sincero, esse que é de verdade e vem do fundo da gente, não precisa de encenação. Não faz nem vinte e quatro horas que meu pai morreu e eu logo soube que já não tinha mais a minha mãe, no exato momento que entrei no quarto deles e ela procurava a roupa que o funcionário da funerária tinha que levar embora, a roupa bonita e arrumada que o meu pai vestiria pela última vez, e ela nem sequer levantou os olhos na minha direção, mas levantou o corpo magro e elegante (Olga bem-criada) e saiu do quarto arrastando os pés e deixando o espaço totalmente vazio, e tive que sair para que ela pudesse voltar.

Ela escolheu um terno cinza, a calça de pregas muito bem cortada em uma lã fina elegante. A camisa preta que ele quase nunca usava, mas que seria a única a esconder as feridas do seu peito e pescoço, porque a camisa branca que era a de que ele mais gostava já não servia para nada, tinha ficado toda suja, rasgada, destruída e porque qualquer outra que fosse mais clara que aquele vermelho-escuro que ele tinha se tornado seria difícil demais de olhar. O sapato não foi difícil escolher, ele tinha cinco pares do mesmo modelo, couro preto de bico quadrado. Eu sei que ele gostava mesmo era da pantufa xadrez, mas é óbvio que a minha mãe não enterraria Sebastião Ávila em seus chinelos de dormir e mais óbvio ainda que eu nunca disse nada sobre isso para ninguém, eu não disse nada sobre a morte do meu pai, porque ninguém achou que eu pudesse ter qualquer coisa a dizer.

A minha mãe me matou ontem, era como se ela me culpasse pela morte do meu pai, como se ele tivesse morrido de desgosto porque sua única filha era eu e isso não era suficiente. Era exatamente isso o que eu sentia nos olhares de todas as pessoas que eu vi no velório e, mais que tudo, foi isso que eu vi na ausência do olhar e do carinho e das palavras da minha mãe, aquilo tudo era minha culpa, eu tinha matado o meu pai, mas ele morreu atropelado por um caminhão que eu não dirigia, um caminhão que na verdade ele mesmo havia contratado, como é que tudo isso podia ser culpa minha? A minha mãe me matou ontem, ali, na frente de todo mundo, mas quem morria um pouco todos os dias era ela, amordaçadinha do lado dele, empalidecida mesmo feito defunta.

O Paulo não foi ao velório, ele não seria louco, ninguém ali precisava de mais esse absurdo, um absurdo bonito e cheiroso e alto, muito maior que eu, um absurdo que me arrepiava a nuca, mas que dava ódio em todo mundo que morava portão adentro do Arroio. E ninguém ali se importava com o que eu queria, que era me abraçar a ele, chorar todas as minhas lágrimas (e eram muitas) no ombro dele, desse homem que é tão diferente de mim, desse homem que meus pais nunca aceitaram, desse homem que tem o maior coração do mundo inteiro e que vive aqui, exatamente aqui, desde que nasceu. Desse homem que me deu uma terra nova, uma casa nova, um nome novo. Ele ficou aqui, dentro de casa, a nossa casa, com essa cara séria que ele tem, não triste, porque ele não tinha motivo nenhum pra ficar triste, mas num silêncio respeitoso, uma sobriedade que queria me dizer que me entendia e me apoiava, esse é o Paulo do Espinhaço e não é em todo lugar que você encontra essa nobreza de espírito.

E aí foi engraçado, porque eu voltei do cemitério e já não queria chorar, eu não queria silêncio, eu queria dançar, cantar alto a minha música favorita que é aquela que fala de alguém que entrou numa festa como se entrasse num iate, a Carly Simon maravilhosa de boina e um sorriso imenso e eu queria sorrir e dançar e me custou tanto tirar o Paulo daquele estado de luto alheio e colocar ele no meu estado de liberdade, a libertação, o vento na cara e eu abri as janelas e puxei aquele homem enorme pelas mãos e sorri tudo o que eu podia sorrir e se me chamam de mimada eu vou fazer jus e se dizem que eu consigo tudo o que eu quero, pelo menos ali eu consegui, que era o meu homem dançando comigo no meio da nossa sala que era também a nossa cozinha, enquanto eu dizia eu aposto que você acha que essa música é sobre você, don't you, don't you?

Você deve estar pensando o que é que foi que o seu pai viu em mim, e essa pergunta é mais difícil e a resposta eu também não sei. Eu tinha a idade certa, que é a mesma da sua mãe, o corpo certo, mas me faltava muita coisa. E nem tô falando do olho, porque quando começou a me frequentar o Sebastião me levou até Santina Boa e pagou o médico mais xexelento da cidade pra me fazer um olho de vidro, ele dizia que o tampão era pra pirata, coisa que eu não era, e que aquilo ali é que me deixava brava, coisa que depois ele viu que era bobagem e que repetiu até morrer.

Ah, Cicinha, minha Cicinha, se eu soubesse que você ia continuar brava depois de despiratear não tinha gastado todo o dinheiro do mundo nesse seu olho aí. E gargalhava, e eu também, e até esquecia porque é que eu tava brigando com ele. Ele nunca me pediu em namoro e a sua mãe ele pediu. Foi uns cinco anos depois que a gente se conheceu, todo mundo falou tanto que a notícia chegou até aqui, Capivara paredão de pedra, onde nada acontece. Mas tudo acontece. E nada vai embora. Achei que ele não ia mais voltar, tava amarrado com a Olga, que também era de família, e mesmo que não fosse rica feito ele era a mulher certinha pra casar, pra embuchar, pra morrer junto.

Fui viver, ou pelo menos tentar, fiquei acabrunhada atucanada uns três dias, é claro, mas não sou mulher de parar a vida por ninguém, quanto mais por homem do outro lado, e quando eu vi já tava era acordando e assoviando de novo e só pensava nele na hora de dormir, foi nem três dias de saudade. Mas não deu nem uma semana do meu melhorar e ele tava dentro da minha casa, tinha a chave, o estrupício. Antes mesmo de ele fechar a porta já taquei nele um cinzeiro de pedra-sabão, que era pesado igual a minha raiva, e ainda bem que eu errei, senão seu pai tinha morrido aquele dia e não antes de ontem. O cinzeiro se espatifou quando chegou no marco da porta, o afundado na madeira tá aqui até hoje, se quiser ver pode.

Enquanto catava os cacos ele não falou foi nenhuma palavra, homem concentrado, o maldito, mas acabou a catação e se sentou na beiradinha da cama, ocupando o menor espaço que conseguia e disse que nada ia mudar pra gente não, Cicinha, tá tudo igual. O que não tava igual é que eu já tinha jogado fora todos os guardanapos usados que já tinham passado na boca do seu pai e que eu guardava desamassadinhos numa caixa de papel duro, joguei fora no dia mesmo que eu soube da Olga e eu devia ter entendido que sem a minha caixa não ia ser tudo igual de jeito nenhum. Sou Cícera e deixei uma coisa assim desapercebida. Na época eu era menina boba e pensei que o amor tava igual ainda mas não entendi que o que ele tava dizendo era tá tudo igual eu vou continuar te escondendo atrás desse muro, e a gente nunca nunca nunca vai andar de mãos dadas em lugar nenhum, só talvez em Santina Boa se precisar mexer no olho, e sempre precisa, você escuta olho de vidro e pensa que o negócio vai durar a vida inteira mas não dura, não. Voltou e ficou, o seu pai, estrupício.

Eu cozinho a melhor comida que você pode imaginar, porque tenho todos os temperos do mundo guardados numa outra caixa, em duas ou três caixas, todos os temperos mesmo, e aí qualquer comida fica boa demais, mas não sei se foi isso, não foi não, o seu pai quase nunca que comia aqui em casa, o tempo contadinho de quem tem hora pra ir embora, ele mal saía da cama, mas isso não é um assunto que eu vou ficar falando com você, também não sou doida. Sobre a comida, fico sem jeito de chamar você para a minha casa, tá precisando pintar, é tudo apertado e o armário da cozinha acabou de cair, mas se você disser que sim eu posso fazer um almoço e entrego pro Paulo e vocês comem tranquilos na casa de vocês. Na casa que é dele, por enquanto, mas eu sei que você vai ficar aqui. Eu sei. Disso e de tanto,

O velho chegou aqui foi pouco antes de eu engravidar, Deus já devia estar pronto para mandar a Méuri pra mim e você pra sua mãe, mas antes mandou o Miguel Sem-fim para a Quina da Capivara, como se a gente precisasse de mais alguma coisa caindo aos pedaços, se acabando. Só a Teodora mesmo pra receber um homem desconhecido que chegou no meio da noite berrando, urrando no que parecia outra língua, os olhos virando e o pior de tudo, ele todo queimando, ardendo.

Não tinha fogo nenhum, mas o homem chegou aqui ainda quente, uns pedaços de pele solta em tudo que é lado, o cabelo chamuscado inteiro, e eu é que não sei como ele conseguia ficar em pé, quando eu queimei o braço com o ferro de passar roupa fiquei foi a semana inteira de cama chorando de dor e é claro que o dele tava muito pior, parecia alguém que tinha entrado bem no meio de uma fogueira. Mas quem entra em fogueira não sai.

Você já se queimou, Alma? A pele fina desse jeito qualquer quentinho já acaba, tem que passar manteiga, você sabe? Não adianta correr e comprar pomada fortuneira de farmácia, é água fria escorrendo por quatro minutos e depois manteiga molenguinha. Ele ficou uns dias sem falar nem uma palavra, de vez em quando soltava uns berros, mas voltava rápido pra dentro da própria cabeça, que a Teodora enfaixou com tanto cuidado, e que saudade eu sinto dessa amiga minha santinha que tinha o melhor coração do mundo inteiro e a gente foi amiga tanto tempo e eu nunca aprendi nada com ela, mas não foi preguiça, eu sou difícil de aprender mesmo, a minha mãe sempre falava.

Foi quando mudou de lua que o Miguel Sem-fim foi voltando ao normal, acho até que a minha reza ajudou, eu não rezava muito pra ele, mas um pouco sim, porque a Teodora pedia e por ela tudo, sou Cícera e sou boa amiga. Ele foi parecendo gente outra vez, se tava de olho aberto até piscava, essa coisa corriqueira que a gente faz sem nem perceber, mas que nele já tinha sumido. Foi voltando, não era mais aquela mania vazia de ficar olhando a janela por horas e horas, teve um dia que a Teodora me chamou pra ver, com medo de ele estar morto, só faltando desencarnar. Desencarnou foi nada.

Não demorou para o Miguel começar a trabalhar na usina, tava todo mundo achando maravilhoso aquela palhaçada, as torres subindo tão rápido, uns homens de terno que chegavam e falavam as palavras que ninguém que mora aqui entendia, mas os idiotas todos sorrindo e balançando a cabeça pros outros idiotas, esses de terno, só eu que não. Nunca fui burra, sabe? Posso ser devagar, posso não ter feito a escola toda, mas burra não sou. Sou Cícera, não sou burra. Eu sabia que cada homem metido em cada terno tinha um podre pra trazer pra esse lugar. Prometeram pra gente tudo o que você pode imaginar e só pagaram com desgosto, mas naquele tempo todo mundo queria era trabalhar na usina e a Teodora deslumbrada achando que ia mudar a vida porque a cidade ia crescer e ela ia construir um hotel pra quem viesse fazer qualquer coisa na usina, mas na usina só quem trabalha é o vento, coitada. Não fez hotel, não fez dinheiro, mas fez oferenda e o Miguel foi trabalhar lá, e pra chegar ele tinha que passar na porta da minha casa, porque ele construiu a casa dele exatamente entre a casa da Teodora e a minha, no terreninho que não era de ninguém, mas que a minha amiga deu pra elé.

Ele mais escuta que enxerga, já chegou aqui velho, e sempre passa devagar e esticando aquele pescoço que já é comprido, pra ver o que que tem dentro da minha casa, a vida toda foi assim e ele nem tenta disfarçar. Então é claro que ele sabe de tudo, mas eu nunca vi o homem abrir aquela boca murcha pra fazer fofoca, nem com as confusões que o seu pai arrumou com a usina, com os homens de terno e até com o Miguel mesmo. Acho que ele gosta de enfiar tudo na cabeça dele e saber que só ele sabe e mais ninguém. Eu achei que meu segredo fosse morrer com ele, mas tô aqui te contando. E, também, parece que ele não vai morrer tão cedo. Se bem que agora, sem usina, tá com cara de que morre de desgosto, que desencarna de vez,

Ele resolveu a minha vida com uma única ida ao cartório, porque além de tudo ainda era um homem prático. Eficiente, organizado, enxaqueca aos domingos. Alma Roiz Ávila, nascida no dia vinte e um e registrada no dia vinte e quatro no Cartório de Candeia, Comarca de Santina Boa, mesmo lugar em que no mesmo dia foi lavrada a Escritura Pública de Doação da Fazenda Arroio, propriedade de Sebastião Ávila, que passava com efeito imediato a ser posse de sua única filha, a mesma Alma Roiz Ávila, eu, que contava três dias de vida e era rosa como uma romã caída do pé.

Ele disse que era para comemorar. Que a filha dele tinha nascido e que foi isso que ele sempre quis na vida, uma menina sua, Alma e coração, e que sabia que todo mundo esperava que ele quisesse mesmo um filho macho, o pau para se colocar na mesa quando fosse a hora, mas que se fosse para se importar com a opinião dos outros ele não teria chegado onde chegou e que, portanto, às favas todo mundo que sempre disse que ele tinha que ter e, principalmente, que ele tinha que querer um filho, que se chamaria Sebastião Júnior e seria como se fosse ele se tornando imortal ou pelo menos vivendo o dobro do que as outras pessoas. Ele queria a menina, e a menina era eu. Dizem que matou um boi, fez uma festa, dizem que chorou, mas nessa parte é claro que eu não acredito. Sebastião não chorava, Olga era quem sentia as coisas naquele casal, foi criada pra isso, afinal. Só não sentiu por mim, deixou que ele fizesse o meu esqueleto, assistiu ao meu pai me pintando com as tintas de uma ovelha qualquer só pra me emoldurar depois.

E desde aquele dia até ontem a Fazenda Arroio tinha sido minha, só minha, porque assim o meu pai quis, e não são muitas as pessoas que conseguem ir contra uma vontade desse senhor. É claro que, na prática, isso não significava muita coisa, o meu pai foi o exímio administrador dos cento e dezenove hectares da Fazenda até o instante em que morreu, quando caminhava apressado para gritar com o motorista do caminhão que havia se atrasado sete ou nove minutos, como se não houvesse sete ou nove homens para gritar por ele e como se aquilo atrapalhasse qualquer coisa dos seus sete ou nove negócios importantíssimos. Todos disseram que foi um acidente, havia muita gente por perto, sempre havia muita gente perto de Sebastião e o pobre motorista ainda não tinha terminado as suas manobras quando o homem veio andando com seu passo elegante porque mesmo esbravejando ele era elegante e o ponto cego e o silêncio fizeram com que meu pai tivesse se tornado invisível e talvez essa tenha sido a primeira vez que ele foi invisível em toda a sua vida.

Ele morreu no dia vinte e três e, por isso, eu esperei que desse meia-noite, que o calendário já dissesse dia vinte e quatro para assinar o termo de doação da Fazenda Arroio para a Associação de Funcionários dela própria, e felizmente existem advogados que trabalham à noite e os textos jurídicos ficaram prontos em horas e no dia seguinte quando acordassem e assinassem a sua filiação à

Associação de Funcionários aquelas pessoas se tornariam também proprietárias do Arroio. E como a minha mãe já não falava comigo eu só pude deixar uma cópia do termo de doação no quarto que agora era só dela e o grito que eu escutei, eu não tenho dúvidas, é o retrato do momento em que ela se sentou na beirada da cama, depois de um dia difícil, talvez o mais difícil da sua vida, e resolveu colocar a cabeça no travesseiro uns poucos minutos antes de tomar banho, mas o barulho e a textura do papel disseram levanta e ela levantou e leu e o Arroio não era mais nosso e o grito. Daria qualquer coisa para ver essa cena. Mas agora eu já não tenho mais nada, finalmente.

Há pouco tempo o velho Miguel me disse que as pessoas vêm pra cá quando não têm nada e que não entendia o que é que eu tava fazendo aqui, eu que tinha tudo, eu filha do meu pai, eu que ele sabia que tinha morado até em outro país (eu morei), eu que podia ter o mundo se eu quisesse. Sorri e mexi os pés no chão de terra laranja e pedi mais café (o Miguel tem sempre café) porque não sabia como explicar essa sensação que me acompanhou desde sempre, de que tinha um pedaço de mim perdido em qualquer lugar. Miguel, que não é burro, nunca mais tocou nesse assunto comigo, mas sempre que me via por aqui fazia questão de contar uma ou outra história do Paulo menino, do Paulo crescendo, ou da cabeça de todo mundo ficando meio doida com o vento.

Tenho certeza que ele já sabe que eu não tenho mais nada e deve estar sorrindo os dentes todos pensando que agora eu pertenço à Quina da Capivara e que, agora talvez, eu seja mesmo digna de estar aqui.

Lá na fazenda tinha o vento, também, claro que sim, o Arroio não é tão longe daqui, sobe dois quilômetros e vira. Tinha gente que comentava, mas muito mais como se fosse uma história de vó, não come manga com leite, não entra na piscina depois do almoço, cacto mais escuro é veneno, não sai em noite de Vento Vazio. Aqui ninguém duvida, ninguém questiona, Paulo já desmarcou compromisso comigo porque não ia pegar a moto, pegar a estrada com o vento ventando em cima dele e eu disse deixa que eu vou e ele quase gritou não! De jeito nenhum, você não sai daí com esse vento, me promete, Alma, me promete. Eu prometi, não fui, fiquei na varanda do meu quarto fumando um cigarro e vendo o vento balançar as folhas, balançar todos os vidros do casarão, balançar e desaparecer com a fumaça do meu cigarro antes mesmo que eu pudesse fazer os círculos que eu queria fazer. Será que foi nesse dia que eu enlouqueci? Ou será que foi o velho Miguel que enlouqueceu?

Aliás, vocês já conversaram com ele? Também não é daqui, feito eu, mas viveu essa usina como ninguém.

Não quero que você pense que eu sou uma deso-
cupada, porque eu não sou. Sou Cícera, cheiinha de
coisa pra fazer, a casa fervendo de demandas, e uns dez
bilhões de quilos de bainhas por fazer. Mais os conser-
tos. E as marmitas. Eu tô escrevendo essas cartas no meu
tempo livre, que não é muito. Mas eu sempre soube me
virar, sabe?

Essas cartas são tipo uma distração, você me faz
companhia sem nem saber. Eu tô guardando todas numa gaveta, mas uma hora eu te entrego. Essa é a quinta
que eu escrevo e não comecei faz nem dois dias. Seu
pai me chamava de maniática.

Sabe quantas cartas eu escrevi pra ele, Alma? Mais
de cinco mil, teve dia que foi mais de uma por dia e
são muitos e muitos anos. Sabe quantas eu entreguei?
Nenhuma, nenhuma mesmo. Zero. Tá tudo ali metido
no armário do alto do corredor. Corredor é modo de
dizer, né. Mas tão todas ali, guardadinhas com cuidado,

dobradinhas, com o nomezinho do seu pai escrito com a minha letra que não é bonita, mas é caprichada. *Para Sebastião.*

Mas com você vai ser diferente. Se eu tivesse coragem ia ter com você, quem sabe um dia? A gente tomava um café quente e conversava tudo o que tem que ser conversado, aquilo que eu sei, aquilo que você sabe e aquilo que nenhuma de nós nem imagina, mas que ia acabar descobrindo olhando no olho uma da outra. Mas eu não tenho coragem ainda não e a verdade é que eu não ando podendo, tem coisa demais acontecendo aqui. É uma coisa só, mas ela é imensa. A Méuri tá até faltando serviço. É um buraco, um buraco que eu precisei fazer aqui na minha casa, todo dia um pouco, toda noite um pouco mais e ainda bem que eu tenho a minha filha pra me ajudar porque eu já me sinto totalmente cansada.

Eu sou mulher decidida, sabe? Só vou sair daqui, só vou atravessar o meu portão, o paredão da Capivara, qualquer coisa, depois que eu resolver esse meu problema e já tá acabando, daqui a pouco acaba e aí se você quiser tomar o café eu te prometo que eu arrumo coragem.

Você já sentiu dor no corpo de tanto fazer força? Esforço físico, trabalho mesmo? Eu, se precisasse apostar, diria que ainda não, que você não conhece o suor do corpo cansado, o salgado dos músculos que funcionam e que fazem aquilo que têm que fazer. Tem outros suores também e eu sei que desses você sabe, mas o suor do corpo que trabalha até quase parar, o suor do braço que a gente acha que vai cair de tanto cavar, esse eu acho que você ainda não conhece.

Eu tenho cavado, eu tenho chorado, e nem sei muito bem por que é que eu choro, as coisas andam estranhas demais por aqui. Você notou, Alma? O vazio que virou a usina agora o seu pai que morreu, a Maura dizendo por aí que alguém pulou da cachoeira, a Maura cada vez mais doida, pobrezinha, o ar pesado, e a Méuri exausta, e eu exausta e a minha bebê Laura que só chora e suga toda a minha energia com aquela boca pequena, que chupa minhas tetas e leva tudo o que eu tenho, e com o que me sobra eu cavo, mas eu queria estar mais forte, eu queria estar mais feliz, mais viva, eu queria que quase todo mundo que morreu ainda estivesse vivo, mas não estão. Os vapores todos, essa sensação infinita de pastorear o vento, que nunca dá em nada, que nunca vai embora. E todo mundo vai.

O seu pai e essa morte de caminhão, justo ele tão atento a tudo, tão senhor de si, tenho certeza que ele achou um absurdo quando sentiu o caminhão chegando, o caminhão que não parou, o caminhão que esmagou o corpo inteiro dele, o seu pai tão senhor de si deve ter ficado ensandecido, ele já ficou bravo com você alguma vez? Já segurou o seu bracinho tão fino e apertou até o sangue parar de correr e quando ele soltou foi como se você virasse uma boneca dessas cheias de ar por dentro e você sentia certinho o instante em que o sangue voltava a correr e parecia que você tava crescendo cheia de ar? O seu pai já?

Eu preferia que o seu pai não tivesse morrido, achei que ele nunca fosse morrer, não sou boba, burra, eu só achei isso porque uma vez ele me prometeu, Cicinha eu tô aqui com você pra sempre, mesmo quando eu não estiver aqui. Ele disse isso, mas não tá aqui mais, morreu esses dias, não morreu?

Eles ligaram para a minha mãe antes de chamarem a ambulância, foi o que a Suely me disse. Dona Olga vem aqui, o Seu
Sebastião machucou, não é bom não. É no escritório.

Não que fosse fazer qualquer diferença porque ele já estava
mortíssimo e, mesmo que não estivesse, a ambulância que veio
de Candeia e demorou duas horas demoraria uma hora e cinquenta e oito minutos, e quando o problema é atropelamento
por caminhão, dois minutos são nada, uma hora e tanto também
não. Só se contam os segundos, o tempo em que as toneladas de
metal e os pneus de borracha se movem na direção de alguém
e depois passam por cima das pernas do corpo que havia sido alguém até que param porque os freios de um caminhão são coisa
muito importante, mas os retrovisores também.

Eu estava em casa de passagem, ia almoçar em Candeia, mas
o calor era tanto que resolvi tomar um banho antes e quando eu
saí do banheiro com os cabelos molhados ouvi a minha mãe chamando Suely e chamando Edgar vamos todo mundo pro escritório, é urgente. Eu corri e ela me viu e disse é o seu pai, você vem?

Era o meu pai e claro que eu fui, mas ninguém esperou que eu me vestisse e portanto tive que dirigir sozinha a centena de metros que separava o galpão que o meu pai chamava de escritório, mas que era mais um depósito do que um escritório, porque era só uma mesa com um telefone e duzentas gavetas e as anotações do meu pai, mas se ele chamava de escritório todo mundo chamava também e eu cheguei ali bem rápido, os cabelos ainda molhados porque não haviam se passado nem oito minutos e a minha mãe berrava com o motorista do caminhão, coitado, acuado encolhido encostado na parede e ele tentava explicar o que tinha acontecido mas é claro que ela não ouvia e quando eu vi não tinha ninguém com o meu pai, deitado sozinho as pernas esmagadas os olhos abertos as entranhas e muito sangue que escorria da boca e do peito e eu disse pai, pai, não, não e ele já não estava ali fazia algum tempo, mas eu quis pedir desculpas pelo passado e pelo futuro, quis falar do amor da família, mas ninguém fala de amor com quem já morreu ou até fala mas isso é patético e o que eu fiz foi fechar os olhos dele e colocar a cabeça dele no meu colo, sentada ali no meio de uma poça de sangue, enquanto esperava que alguém pudesse sair do caos e perceber que aquele ali deitado era o meu pai e que ele não ia querer ficar sozinho.

Eu não sei quem foi que colocou um cobertor florido por cima do meu pai que agora era um corpo e por que tentaram me tirar dali, mas eu não saí, cobriram a cabeça dele e eu tirei o cobertor da cabeça dele e coloquei a minha mão e fiz algo que podia ser um carinho e quem visse de longe podia pensar que éramos amigos conversando esperando o tempo passar, esquecidos em um tapete vermelho no meio de um lugar qualquer. E a gente só tem um pai (quando muito), e nunca acha que ele vai morrer e sempre acha que vai dar tempo de resolver tudo com ele antes que ele te morra assim no meio de uma tarde mais ou menos atropelado por um caminhão, numa morte mais ou menos estranha, e eu tenho muita raiva do meu pai mas eu preferia que ele não tivesse morrido, morrer é um transtorno pra quem fica, e ele ia adorar saber da trabalheira que deixou aqui pra nós, ele ia gargalhar bem alto se soubesse que a minha mãe ficou descabelada por horas tentando resolver tudo e só quem conhece a Olga sabe como ela odeia ficar descabelada, só quem conhece essa mulher sabe como ela odeia qualquer coisa que lhe fuja do controle, sejam os fios de cabelo ou a única filha. Ela vai passar dias assim, eu sei. Acho que ele ia odiar profundamente saber que o Arroio já não é mais meu, mas em algum lugar, bem lá no fundinho, num espaço pequeno e escuro, ele ia sentir orgulho de mim, porque eu fiz o que quis, porque eu não me intimidei com o sobrenome, ou com os advogados dele ou com a cara de cavalo emburrado da minha mãe e todo mundo só tem uma mãe mas na maioria das vezes isso já é demais.

O Paulo não tem mãe já faz muito tempo, mas todo mundo diz que era bonita, alta e briguenta. O Miguel fica repetindo que a mãezinha isso, que a mãezinha aquilo, que saudade isso. A Cícera é mãe de um monte de gente e a Teodora era mãe de todo mundo um pouco. A Maura não tem mãe nenhuma, e foi por culpa dela e quando a gente diz isso vem imediatamente a vontade de completar a frase com coitada, pobrezinha, que pecado. Como se toda e qualquer mãe fosse sagrada, como se mãe fosse essa entidade livre de falhas, só o amor e nada mais, quem diz isso é porque não conheceu a minha. Logo, quem diz isso tem sorte, vocês não conheceram Olga, imagino que não, né? Vocês vão lá no Arroio? Ela deve estar lá, juntando as coisas, dando o fora pro apartamento em Candeia. Se já não foi. Não digo maldita que é palavra forte. Mas eu achei que ela me amasse. A Maura não tem pai nenhum, também, mas tem o irmão, o Mauro, e o namorado dele, Julião, que até gosta dela, mas não vem muito aqui, eles não querem que essa gente pequena aqui saiba que eles namoram, que eles se amam, imagina a cara de cada um desses malucos empoeirados se souberem do amor de dois homens, até o Paulo custa a aceitar. Ele não gostava de falar, virava a cara, me olhava atravessado o bico emburrado como se um ou outro fossem comer o cu dele e no fundo eu sempre acho que é medo de gostar, foi só quando eu falei isso que o Paulo desarmou e hoje ele até pergunta pro Mauro cadê o Julião, traz ele aqui, tomar uma cachaça nós três que a Alma não gosta. Eu não gosto mesmo de cachaça, mas já falei pro Paulo que de mulher eu gosto, também.

Ninguém vai falar com a Maura, né?

Sabe o que eu acho? Vai ser muito bom se você vier pra cá, e eu acho que você vem. Vem? Acho até que você já veio, não veio não? Eu tenho escutado a sua gargalhada e a verdade é que fico feliz em saber que você já tá rindo todo dia por aqui outra vez. Perder o pai não é coisa pouca, abala a gente, fica doendo um tempo, um tempo enorme, que parece a vida toda, mesmo o pai não sendo bem quem a gente imaginou. O seu não era, né? Pelo menos pra você, que eu sei que é toda cheia de liberdades, de princípios, de um jeito muito seu de ver o mundo. Eu acho bonito. Bonito e chique, combina tudo com você. Pra mim o seu pai foi bom sim, Alma, quase sempre. Ele foi o meu amor, sabe?

Quando o meu pai morreu eu chorei por sete dias inteirinhos e todas as noites depois disso, até hoje eu ainda choro, vez ou outra, mesmo sem entender muito bem por quê. Então, Alma, que bom que você está gargalhando, que bom que o Paulo, o nosso Paulo, está cuidando de você. O Paulo, Paulo do Espinhaço, o Paulo do Silvio é a melhor coisa dessa esquina de mundo, depois da Teodorinha.

Eu acho que vai ser muito bom se você vier pra cá, essa quina, esse finzinho de mundo, a gente tá envelhecendo muito aqui, todo mundo enrugado, todo mundo acabando, só tem a Laura, minha bebê, a Méuri, que às vezes é tão mal-humorada que parece mais velha que eu, e a Maura, a nossa doidinha, tão novinha e tão, tão maluca, a Maura não é sangue meu, mas eu cuido dela, eu sou Cícera e sou assim, Alma, eu tenho minhas manias e cuido das pessoas, eu cuidei do seu pai como pude, mas é claro que isso não impediu o caminhão de passar por cima dele, mas eu acho que ele foi feliz, um pouco feliz pelo menos, aqui comigo, e você vai ser feliz, muito feliz, aqui com o Paulo.

Não é curioso você voltar pra esse lugar, que também foi do Sebastião, que é da Méuri sua irmã que nasceu no mesmo dia que você, e que é meu, esse tipo de parente torta que sou eu, não sou sua madrasta, eu sei que não, não sou sua mãe, eu sei que não, mas alguma coisa eu sou e agora você vem viver aqui tão perto, só duas casas pra lá, e a gente vai se ver na venda do Feijão, a gente vai se ver na encruzilhada, a gente vai se ver na hora que as portas se abrirem e cada uma estiver indo pra um lado mas os olhos vão se cruzar e eu vou sorrir pra você, te admirar e ver o seu pai inteirinho no seu rosto tão chique de gente rica que você é mesmo.

Esse cantinho de fim de mundo precisa de sangue novo, Alma, e Maura é doida demais não pode ela ser a nossa juventude, ela é boa demais, também, claro que é, mas coitada. Enfiou uns panos pretos na janela porque disse que a usina tem maldição e acho que isso é até uma coisa certa que ela falou, eu odeio a usina eu sempre odiei e se eu pudesse não via as torres também. Agora deu pra dizer que o homão dono de tudo pulou da cachoeira e isso não seria de todo uma notícia estragada, o homem era ruim, gente ruim, sumiu daqui e a usina fechou, foi embora, deixou a gente porque não aguentou, ele nunca foi com a minha cara nem eu com a dele, e claro que ele não pulou, todo mundo sabe que daquela cachoeira não se pula e também a Maura nem pode ir lá sozinha, o Mauro não deixa, faz ele muito bem. A Maura precisa que a gente fique sempre com um olho nela, eu fico quando posso, eu dou almoço, eu chamo ela aqui pra gente conversar, ela adora café bem quente muito quente, e ela adora criança, Deus que proteja essa menina não engravidar é nunca, não dá pra ser mãe não, doida demais, mas ela olha com carinho pra Laura minha bebê e eu até queria poder deixar a menina tomar conta dela mas não sou doida, quem é doida é ela, mas você também não seria se a sua mãe tivesse morrido pra você nascer?

Então é isso: o seu pai, Sebastião, que Deus o tenha, que são Jorge lhe guarde, que Ogum proteja bem protegido todos os dias, o seu pai era o meu amor. Ele sempre foi, Alma, desde a primeira vez que a gente se falou, só nós dois, debaixo do teto da capelinha, ele de passagem e eu de luto. Não tinha morrido ninguém, não, só uma antiga versão de mim, a menina que casou cedo, a menina que era feliz, que bordava os panos de prato da vizinhança inteira, não por dinheiro, mas por amor.

Quem tinha morrido era eu, porque aquele que eu chamava de marido, o maldito, o adoecido, o invernoso, ele quis que eu morresse. E ele me bateu tanto, tanto, tanto, que mesmo que eu tenha restado viva, ou algo parecido com isso, muita coisa morreu em mim. E foi essa a versão que o seu pai conheceu: desolhada, desolada, sem aquele viço que as pessoas todas deviam ter. O maldito me tirou as alegrias todas, mas o seu pai trouxe de volta.

Desde aquele dia, cada vez que eu encontrei o seu pai eu enfiei um bago de feijão debaixo do meu colchão, porque eu queria contar quantas vezes eu ia ter a sorte grande de ver aquele homem. Se você vier aqui em casa eu te mostro, tá tudo lá ainda, um dia a Méuri achou e danou-se a gritar. Fingi que não era comigo, também sou ótima de fazer isso. Sabe qual foi a primeira coisa que ele me disse? Ele perguntou cê nasceu assim mesmo? e eu achei que ele falava do tampão, do olho que faltava, do buraco que era só um dos muitos que eu tinha. E respondi, azeda, que aquilo ali não era da conta dele, que a gente nem se conhecia pra ele ficar perguntando coisas de invasão assim e saí batendo o pé e ele correu atrás de mim e me mandou esperar e disse que tava querendo saber se eu já tinha nascido linda assim ou se foi só depois de adulta que virei essa flor. Ali eu vi que o seu pai era o homem mais jeca que eu já tinha conhecido, chamar alguém de flor, eu não aguentei e ri, ele riu também, e o resto desse dia eu já não me lembro, mas eu sei que pensei esse homem nunca vai me machucar, esse não. Claro que eu estava errada, de novo. Sou Cícera e sou ingênua, né?

Voltou no dia seguinte, de passagem de novo, interrompendo as minhas orações. Eu rezava pedindo uma resposta, um sinal, uma pista qualquer de que ia ficar tudo bem, de que a vida valia a pena, eu rezava e pedia pro meu deusinho e o que chegou primeiro foi o barulho do carro, o motor dele rosnava e já me desconcentrou da minha reza e eu pensei bem que podia ser o Sebastião, ele não sabia que eu sabia quem ele era, ou talvez soubesse sim, porque àquela altura todo mundo sabia quem era o Sebastião, semideus todo loiro todo lindo os cabelos cacheados caindo na testa os olhos tranquilos rasinhos de quem nunca se doeu por nada e ele entrou e disse bom dia Cícera e como é que ele soube o meu nome eu não sei, nem nunca perguntei, seu pai nunca foi muito de explicações eu tenho certeza que você sabe disso muito melhor do que eu.

Mas até hoje eu penso nisso, muitas vezes: como é que o seu pai sabia o meu nome, hein? Eu dei bom-dia, sorri, e fingi que continuava a minha reza mas claro que isso era impossível, o cheiro do seu pai se enfiou no meu nariz e nunca mais saiu, o seu pai se enfiou na minha vida e nunca mais saiu e eu só queria que você soubesse que eu amei aquele homem Sebastião de verdade todos os dias, mesmo quando disse pra ele que odiava ele de tudo com todo o meu corpo, eu só queria que ele soubesse disso, será que ele sabe, Alma?

Você tá ouvindo o Vazio, Alma? Aqui é diferente, você já sabe, eu acho. Ninguém sabe o que que é, se é culpa do paredão, se é a energia da cachoeira, se é a gente mesmo que é diferente, mas a verdade é que quando tem Vento Vazio, se já é difícil em outros lugares, aqui é da ordem do impossível. O mundo vira todinho. Como é que era lá na sua fazenda, Alma? Seu pai não falava comigo desses assuntos, dizia que eu era besta demais de acreditar em bobagem de vento, então eu não perguntava mais muito. Podia sair de casa? Podia sentir o vento? Sua cabeça já virou de vento alguma vez, Alma? O seu pai dizia que não, mas eu nunca acreditei nele quando o assunto era você, eu sei que ele não te via direito como você é, coisa de pai apaixonado demais. Coisa de Sebastião. A Méuri nunca teve o mesmo pai que você, apesar de vocês terem tido exatamente o mesmo pai.

Aqui ninguém sai, o Vento chega e o mundo acaba. O Miguel, coitado, já te falei, tem pânico, pavor, terror do vento, se enfurna em casa e se precisar até passa fome. Ele diz que foi o vento que acabou com a vida dele, fala um monte de coisas sem pé nem cabeça, coisas que eu não entendo, que não sei quem morreu, que não sei quem queimou, ameaça o vento e ele se tranca todinho em casa, fecha janela, fecha o olho, fecha a cara, mas dia desses teve aqui, a cabeça imensa me olhando por cima do muro, achou que eu não ia ver mas eu vi, olhei bem no olho dele e fiz cara de doida e eu vi na cara dele a cara do medo, eu não ri por fora mas ri todinha por dentro, velho medroso é coisa que eu não entendo. Eu queria ter tempo para contar todas as rugas da cara daquele homem e nem precisava chegar muito perto porque tá encarquilhado.

Cada dia de Vento é um risquinho que eu faço ali naquela parede, ó. Se um dia você vier aqui você vai ver. Tá toda riscadinha, cada dia de vento eu acho que o mundo vai acabar mas não acaba. Sou Cícera, tenho minhas coisas. Vou guardando tudo, a Teodora ficava desencantada de mim, mas é o meu jeito, fui assim a vida todinha.

No dia do Vento todo mundo fica em casa menos eu, porque eu já aprendi que vento com telhado em cima é pior ainda. O vento atravessa porta, por aqueles buraquinhos pequenos que ficam rentes ao chão, qualquer fresta, o vento entra pelas janelas, então ficar presa em casa com o vento é que eu não vou. Eu sou assim, deu cheiro de Vazio, pego as coisas, pano enrolado no pescoço e vou pro quintal. Finjo que não tenho medo, mas eu me cago. Eu firmo o corpo e repito três vezes não vai entrar, não vai entrar, não vai entrar, papai Ogum não vai deixar, mas é claro que ele entra, o nosso vento aqui não é qualquer um, eu tenho certeza que você já sabe disso. O vento entra, toma conta de mim, me gela as entranhas e quando eu vejo eu tô gostando do que não podia gostar e vou tremendo de tudo, arrepiando. Foi em noite de vento que o seu pai me disse que me amava e foi em noite de vento que eu disse que ia matar o seu pai, mas eu não matei, claro que não.

Tem três meses inteiros que eu acho que é noite de vento toda noite. Talvez ele já esteja na minha cabeça zumzumzando essas coisas todas, mas talvez não. Tem muitos dias que eu não como, mas água eu tô bebendo.

Não, eu não tenho medo do vento. É só um vento. Um fenômeno climático, meteorológico, ambiental, sei lá. É claro que ventava forte no Arroio, mas aqui venta muito mais. Impressionante. Tem vezes que eu acho que vou sair voando junto, o que não seria de todo mau, dá pra ver muita coisa lá de cima, é tão bonito. E sempre se volta, né? O Paulo, coitado, fica pela hora da morte, entra Alma, entra, Vento Vazio não é ventinho. Me chama de teimosa. Me chama de louca. Mas o que eu posso fazer se eu gosto de vento?

Já falei: quando eu morrer, eu quero ser cremada e que joguem minhas cinzas ao vento, num dia assim, tumultuado, esse ar pesado e ensandecido, essa coisa linda. O Paulo escuta e faz o sinal da cruz, em nome do pai, do filho e o caralho a quatro, semente passa por baixo, corta pimenteiro, ele fala tudo que ele sabe e eu fico em silêncio em respeito, mas é claro que do lado de dentro eu tô rindo inteira. Me deixa ventar.

Vocês chegaram foi que dia? Hoje tá ventoso, mas ontem tava muito pior, ontem aqui teve de um tudo: a Maura saiu correndo sem roupa com a coelha pendurada no braço, o Miguel pediu pra morrer mais uma vez, a Cícera não deu as caras, dizem que ela tá enlouquecendo também, mas deve ser do tipo que fica louca dentro de casa, que é pra não incomodar os outros.

Eu adoro isso, esse agito, um lugar tão pequeno que nunca, nunca fica monótono. Esse tem sido o meu problema, eu quero ficar, o Paulo quer ir. Ele cismou que agora que fecharam a usina alguém vai logo tratar de ocupar aquele espaço, já tem muita coisa de estrutura que dá pra aproveitar, as torres, o galpão, escritórios, é isso mesmo que vocês vieram olhar né? E não tem jeito, gente ali é gente estranha na porta de casa, é uma invasão, uma violência. Eles todos dizem de como foi doído pra se acostumar com a usina, e agora isso, eu que ainda não falei com o Paulo de vocês porque eu sei que o bichinho vai sofrer e aquele homem sofrendo é coisa que me machuca.

Quanto é que vocês querem pra procurar outro lugar, hein? Desculpa, é o meu jeito mesmo. Eu falo o que tem que ser falado.

O dia que a Méuri nasceu foi o mais triste da minha vida. Não porque ela nasceu, a Méuri é minha filha, primogênita, meu amor, uma vida inteira, chegou e trouxe o mundo com ela, mas eu achei que fosse morrer. Eu tive a certeza. Eu achei que não fosse carregar a minha menina no colo, eu cheguei a rezar me despedindo, e uma sensação dessas não se apaga da nossa pele. Podem se passar todos os anos do mundo, a pessoa pode até nascer de novo que o buraco fica, as palavras que a gente escolhe pra dizer em voz alta pra filha que a gente acha que não vai conhecer, pra filha que a gente acha que vai ficar sozinha no mundo, sozinha em casa, sozinha. Essas palavras a gente não esquece nunca e elas ainda voltam na minha cabeça de vez em quando e aí eu anoto, vou anotando em qualquer lugar, sou assim mesmo, sou Cícera e deixo meus registros e eu achei que fosse deixar menina órfã leitoazinha sem mãe e por isso o dia que a Méuri nasceu foi tão triste. O dia mais triste da minha vida. E eu sei que foi também o dia que você nasceu, mas uma coisa não tem nada a ver com a outra.

Eu não tinha conseguido dormir, uma barriga de nove meses é um transtorno, uma desrazão, uma menina de nove meses esmaga as bexigas, o xixi que pinga um pouquinho a cada meia hora. As calcinhas já todas fedorentas que nem calcinha de velha, que nem elas são agora, eu tenho pavor de calcinha fedida, mas o corpo tem essas coisas, tem uma hora que ele para de obedecer. Agora é um espirro, um xixi. E fede, como fede. Sou Cícera, e farejo tudo. Cheiro de mijo é dos que mais me irritam e agora é um cheiro que eu tenho.

Uma barriga de nove meses são as costelas que doem, a azia que sufoca, o transtorno, a noite em claro. Eu não tava fazendo nada, já tinha feito tudo o que podia: cozinha limpa, roupa dobrada, um creme na cara, até costurar eu tinha costurado umas coisinhas bobas, eu que não sou de costurar de noite porque o olho dói. Eu já tinha contado todas as estrelas, roído todas as unhas, arrancado alguns fios de cabelo, isso é uma coisa que eu faço de vez em quando, eu puxo eles assim, bem aqui de cima, onde ninguém vai ver. Eu tava era esperando que o seu pai aparecesse, ele sabia que era a qualquer hora, minha barriga pesava uma tonelada e eu esperava, chupava uma manga e esperava, parada quieta numa posição que não me doesse quando de repente doeu tudo, eles tinham me dito que ia começar devagarinho, uma dor pequena ali nas costas, que vai crescendo devagar, eles tinham dito, mas me doeu tudo, eu inteira, era como se alguém tivesse me atravessado uma espada, me tirado a menina e eu ali, aberta, as entranhas aparecendo em cima da cama, e como veio foi embora, de repente eu já não sentia nada, mas eu já sabia, viria outra e depois outra e depois outra. A Teodora tinha que tá viajando uma hora dessas, se isso não é azar já nem sei. Mas ela diz e eu sei que é verdade que ela sentiu doer nela mesma e que soube a hora certinha que a Méuri nasceu, que fez as rezas todas, as benzeções e que soube também que eu não ia morrer de parto. Soube antes de mim, a bruxa minha amiga, enquanto eu me doía inteira.

Todas as contrações que eu senti no parto da Méuri me rasgaram um pouco, não teve uma que me deixasse respirar, não teve uma que não me fizesse achar que eu ia morrer e o tempo passou e o sol nasceu e eu vomitava a manga e vomitava eu mesma, o meu útero tentando me matar e eu berrava e vez ou outra alguém berrava de volta, alguém que queria me ajudar mas eu não queria ajuda, eu só queria o seu pai. Ele tinha me prometido que estaria de mãos dadas comigo, ele sabia do meu medo e ele nem imaginava a minha dor.

Foi assim até o meio-dia, eu sempre sei quando é meio-dia, porque da janela do meu quarto eu vejo a sombra da mangueira no quintal e quando é meio-dia a sombra some. Quando a Méuri nasceu não tinha sombra e eu não sei quanto tempo foi que ela ficou assim, meio dentro meio fora de mim, eu sabia que eu tinha que empurrar, mas meu corpo não obedecia, tudo queimava, tudo escurecia e eu pensei que ia morrer a menina ali meio pra dentro meio pra fora, sem chorar, ainda amarrada em mim pelo cordão, de repente veio uma força que eu não sei de onde, era como se tudo tivesse começado naquele momento. Eu não sentia mais nada, só uma fome imensa de pegar a minha filha no colo, de lamber a minha filha, uma fome de empurrar. Eu empurrei enquanto urrava e de repente ela tava ali, imunda no meu colo, agarrada nos meus peitos e foi bem ali que eu parei de achar aquele o dia mais triste da minha vida, aquele foi o momento mais feliz da minha vida. Eu queria que o seu pai tivesse visto nós duas assim, agarradas, nojentas, felizes e vivas.

Filha, eu não posso te esperar e isso é a coisa que eu mais queria no mundo. Eu tô tentando. Eu tenho certeza que a sua cara é linda, eu já te amo, eu só te amo, me desculpa ir embora. Eu tô tentando. Você nasceu do amor, Méuri, e no amor você vai viver.

Do seu nascimento eu só sei o que eu imagino, e o pouco que o povo falou. O seu pai nunca comentou comigo, acho que o homem tava tentando era me proteger, como que querendo que eu me esquecesse que ele tinha uma família de verdade. Como se fosse possível me esquecer disso, como se o jornal não tivesse dito nasce a primeira herdeira de Sebastião Ávila, como se eu não tivesse ficado sangrando suando berrando sozinha por muitas e muitas horas justamente porque o seu pai tinha uma família de verdade.

Mas nunca coloquei isso na sua conta não, Alma. Claro que não. Você não tem culpa de nada, e eu sempre gostei de você, essa sua cara bonita, esse narizinho tão arrumadinho, eu sempre achei a coisa mais delicada. Mas eu preciso dizer, porque eu não tenho motivo nenhum pra esconder, que quando deixaram o jornal aqui na minha porta, o seu nascimento, a foto da sua mãe agarrada com uma trouxinha tão miúda cheia de panos bordados e o Sebastião ali atrás, aquela mão imensa apoiada no ombro da Olga, o sorriso cheio de dentes dizendo isso é tudo meu, eu senti um calafrio, um peso dentro do estômago, um vapor ruim saindo de dentro de mim e eu acho que foi aí que o meu leite azedou, porque a Méuri passou três dias sem querer mamar, golfando todas as vezes que eu enfiava o meu peito na goela dela. O que eu senti não foi raiva, ou inveja, ou ciúme, foi mais como um vazio profundo, a certeza de estar sozinha com aquela nenê cabeluda e desorganizada para o resto da vida.

Eu acho que quem deixou o jornal aqui na porta foi o Miguel, velho futriqueiro enrugado, mas nem acho que foi por maldade, eu acho que foi o jeito dele de cuidar de mim, como quem diz que me ouviu parindo sozinha e explica por que é que eu tava sozinha, mas ele podia ter tido a delicadeza de arrancar a foto fora, todo mundo sabe que mulher recém-parida já é um pouco louca, eu sou Cícera e sou muito, não precisava mesmo ver a mão enorme do Sebastião descansando no ombro da sua mãe, a mão dele era realmente enorme, você chegou a reparar nisso? Era enorme na hora de fazer carinho, mas ficava maior ainda na hora da raiva, na hora da fúria, na hora do ódio e eu sei que o seu pai não tinha muita raiva, muita fúria ou muito ódio, mas quando ele tinha é como se liberasse alguma coisa guardada por muito tempo e aí aquela mão enorme ficava maior ainda e queimava bem no meio da minha cara. Não foram muitas vezes, não, mas as que foram eu nunca esqueci.

Três dias depois que você nasceu eu soube da festa na fazenda, o seu pai matou um boi para celebrar com os amigos. Comeram e beberam até o sol nascer, e isso ninguém me disse, mas eu posso imaginar, você e sua mãe exaustas chorando no quarto, nascer é difícil e sofrido, mas só pra mãe e pra neném. Será que a essa altura o seu pai já sabia que a Méuri também tinha nascido? Será que se soubesse, tinha matado dois bois?

A minha mão já tá cheia de bolhas, eu contei quatro bolhas grandes dessas com água dentro, e um monte de outras bem pequenas, doze. Mas agora eu não posso parar de cavar. A Méuri foi embora, você não vai também, vai?

Você conheceu a Teodora, minha santinha? Ela conheceu você, a gente falou dessa sua cara tão bonita muitas vezes. A gente falou de como você era uma versão diminuída da sua mãe, o mesmo narizinho fino e esse lábio de cima que é tão fino que de longe a gente nem vê. Você é toda fina, né? Vocês duas quando sorriem a gente vê as gengivas todinhas. Mas hoje eu acho você o seu pai. O que eu quero saber é se você chegou a conversar com a Teodora alguma vez, numa dessas passadas do seu pai por aqui, quando ele descia com a família e fingia que não me conhecia. Você se lembra? Disso, da Teodora, da Quina de antes?

Porque essa é uma nova Quina da Capivara, Alma, você tá chegando, ou já chegou, num tempo esquisito e eu torço para que você nos traga alguma paz, algum alívio, pelo menos uma alegriazinha que seja. Sabe quantas vezes eu gritei nos últimos dias? Setenta e cinco setenta e seis. Eu nunca gostei da usina, mas antes, aquelas coisas enormes girando o dia inteiro era como se dessem algum ritmo na nossa vida. Parecia que pelo menos alguma coisa funcionava. Antes, com a usina, o Miguel funcionava. A Maura era bem menos doida, e a Méuri ainda não tinha ido embora — coisa que ela só fez ontem.

Mas, principalmente, o antes antes disso ainda era melhor por causa da Teodora. Porque tinha a Teodora. E isso não sou só eu que digo, pode confirmar com o velho, pode confirmar com a filha dela, pode confirmar até com o seu Paulo, pergunta pra ele, se ele nunca te contou. A Teodora era o miolinho de tudo, ou a cola, a palavra certa é liga. Todo mundo tinha as suas esquisitices, mas a Teodora dava um jeito de fazer tudo parecer miudeza, de fazer a gente parecer quase que uma família, quase que normal. A Teodora era madrinha da Méuri e mesmo já estando morta há muito tempo quando a Laura nasceu, eu decidi que era madrinha dela também. Ela era o nosso sol particular, não que a gente precisasse de um outro nesse calor suarento do inferno, mas perto dela as coisas brilhavam mais, mesmo. Eu não sei, mas eu acho que ela tinha alguma magia, a reza dela era diferente, qualquer tipo de poder que é tão poderoso que a gente nem sabe explicar. Por isso que eu digo que ela te conheceu, ela sabe muito de você, ela me dizia que você nasceu oito minutos depois da Méuri e eu preciso te dizer que um tempo depois que aconteceu tudo, os nascimentos, eu já mais calma, ali embolada com a minha menina e com a certeza de que era esse encontro o que tinha me faltado a vida inteira, ali, me sentindo feliz, eu quis que você e sua mãe pudessem sentir isso também e eu pedi pra Teodora abençoar você e ela disse Alma eu batizo você em nome do Pai do Filho do Espírito Santo amém e ela disse Alma, eu te consagro a Deus por Olorum, por Oxalá e por Ifã e depois disso ela disse outras coisas que eu já não me lembro, mas que foram iguaizinhas às que ela disse pra Méuri, então você precisa saber que a Teodora é também a sua madrinha e que ela sempre olhou por você. Pode dizer, sou Cícera e sou louca. Quando ela morreu foi todo mundo junto cantando um samba e chorando tudo ao mesmo tempo e quando ela morreu a Luzia, coitada, ficou vaziazinha vaziazinha e por isso que hoje ela é assim, sem graça, sem cor, não é culpa dela, se você tivesse perdido Teodora você ia entender.

Tem nem dois dias que a Méuri foi embora, me chamando de louca, de manienta, de obsessiva, palavra nova que ela aprendeu não sei onde. Eu já tô com toda a saudade do mundo. Ela não disse louca só uma vez, ou duas, a Méuri é um pouco mais teatrenta que isso, sempre achei que ela tinha que ir embora daqui, virar atriz de novela, mas ela nunca quis, dizia que lugar de capivara é na Capivara, isso porque quando criança eu chamava ela de capivarinha ensandecida, porque a bichinha tinha as orelhas miúdas e uma cara de calma assim feito uma capivara, mas não parava quieta, demônia.

Ela não me disse só de louca antes de ir embora, me disse de rainha das obsessões, assim mesmo, como se fosse um prêmio que eu tivesse ganhado, saiu batendo porta, se irritando, como se eu tivesse feito qualquer coisa diferente, quando na verdade foi ela que se cansou, se cansou de cavar, se cansou de não saber os motivos, se cansou de esperar, mas eu disse, eu disse cem mil vezes e mais quatro que ainda não posso dizer.

Se você vier aqui, Alma, você vai ver que sim, eu tô cavando um buraco em volta da minha casa, sim, é imenso, mas não é sem propósito. E agora sem a Méuri ficou muito mais devagar porque são só duas mãos e porque a Laura me chama me demanda e eu já não tenho vinte e poucos anos, mas eu cavo, não tenho medo não. Eu deixo a minha bebê deitadinha debaixo da mangueira e cavo cavo cavo. Sou Cícera e não posso mais esperar.

Você é atrevida assim feito a Méuri Bete, Alma? Eu tô ardendo de saudade da bichinha e toda vez que eu te vejo eu descubro qualquer coisa dela em você. Vocês duas são iguaizinhas no andar, no jeitinho de pendurar a bolsa no ombro, sempre no ombro esquerdo, e hoje cedo quando eu escutei sua risada eu pensei que era a minha filha que tinha voltado gargalhando como quem diz eu tava brincando, mãe, claro que eu não vou te deixar aqui sozinha cavando.

Tirando essa sua branquelice e esse cabelo escorrido e os crespinhos da Méuri, vocês duas parecem a mesma pessoa, sabia? E eu sempre achei que você tinha saído à sua mãe, olha só. Mas o que que é um sorriso cheio de carne de gengiva perto de todo o resto. O Sebastião tem genes fortes, ele sempre dizia isso e eu não entendia. E não era porque eu não sabia o que eram genes, eu sei. Mas eu achava que a Méuri era eu, só eu. É nada.

Dia desses eu reparei também que suas orelhas são bem pequenininhas, não são, capivarinha?

Talvez vocês queiram falar com a Cícera, aquela da casa ali em frente à praça. Ela tá aqui desde sempre, e ela sabe de tudo, lembra de tudo, parece que guarda um monte de troços também, todo mundo que quer saber qualquer coisa pergunta pra ela. É só que ela anda difícil de achar, desde que eu cheguei ou antes ela tá metida dentro de casa, enfiada numa história doida de moeda, de buraco, de não sei bem o quê. Há muitos anos o meu pai me trouxe aqui, eu acho que era pra ver coisa da usina, provavelmente começar esses negócios escusos dele, pra se encontrar com gente que achava importante ele sempre gostava de me levar junto, levar a minha mãe, exibir essa família terrivelmente feliz que nós nunca fomos.

Enfim, estive aqui criança, cinco ou seis anos, não sei, e enquanto o distinto Sebastião Ávila conversava com alguém, as mãos na cintura da sorridente Olga Ávila, eu corri, corri muito, porque o meu pai tinha me dito que tinha uma cachoeira aqui perto e eu fui, eu só queria um mergulho e ao mesmo tempo eu não queria estar ali, ao mesmo tempo o meu vestido pinicando

136

a minha pele, ao mesmo tempo meu cabelo comprido esticado apertando minha cabeça brilhando de gel, eu não queria estar ali, mas na água, e eu me afastei aos poucos para que ninguém notasse e depois corri sem fazer barulho e com toda a pressa que cabe em uma criança que nunca se sentia em casa.

Mas corri pro lado errado e tudo o que eu vi foi um paredão de pedra, as pedras crescendo infinitas pro céu e uns cactos incrustados no meio, era muito bonito e eu tinha certeza que um buraco, uma fenda, um respiro ali me levaria à cachoeira, mas veio a Cícera me dizer que não, veio a Cícera me alisando os cabelos e querendo saber o que eu procurava e quando eu disse a cachoeira ela me disse que não era ali, mas do outro lado, e me disse que era longe e perigoso e me perguntou se eu queria alguma coisa, um suco, um doce, a mão no meu ombro como que me guiando me mostrando pra onde ir, ela sorria e eu me lembro perfeitamente dela. Não sei quantas coisas uma criança de cinco ou seis anos lembra, mas aquela mulher de olhar estranho e sorriso rasgado me marcou, entre outras razões, porque ela sabia o meu nome, vem aqui, Alma, não quer mesmo experimentar o meu pé de moleque, é o melhor que existe com o amendoim trituradinho, não agarra no dente e ninguém engasga. Meu pai não demorou a chegar, antes mesmo que eu pudesse me sentar dentro daquela casa que me enchia os olhos, toda colorida, uma cortina de contas azuis e verdes e em dois tons de lilás, eu olhava tudo fascinada quando o grito dele me chegou antes que ele aparecesse e ele apareceu na janela e depois na porta, feroz, vermelho, suado, anda logo, menina, quem foi que disse que você podia entrar aqui. A Cícera sorria com os dentes e com os olhos estranhos, era quase uma gargalhada.

A casa dela segue com o mesmo cheiro, um cheiro doce de fruto maduro, mas ardido lá no final, um aperto bem lá nos dentes de trás, um cheiro de gosto estranho, e eu sinto só de passar perto, eu tenho a sensação de que já entrei ali outras vezes, mas não tem como, não tem razão, e o Paulo sim, ele jura que a cortina segue lá, colorida, cheiinha de contas, de todas as cores.

Aqui dentro não cabe todo mundo, não, a minha mesa é miúda, são só três cadeiras, ia ficar apertado. Mas fiquei pensando que podia ser lá fora, do lado da Teodora, dava pra eu levar a minha mesa, e se vocês tiverem uma pequena, também, ou então a Maura, a Maura tem uma grande, é difícil de carregar, mas todo mundo junto dá. A Teodora é que gostava de juntar todo mundo ali, eu não falei que ela era o miolo? Nem precisava marcar nada, ela montava uma mesa, trazia o café e a gente ia chegando. A gente nunca foi muito pra fora, todo mundo fica meio entocado, era ela que puxava cada um feito imã pra perto. Miolinha. Morreu, sem pedir. Eu queria fazer um almoço, todo mundo em volta da mesa, igual nos tempos dela, a panela cheia de frango ao molho pardo no meio, o meu frango é de comer chorando, tá? O velho ia se recusar, ia inventar desculpa, ia dizer que tava ocupado, mas ele já fez tudo o que tinha que fazer na vida. Eu ia ficar contente se você mais Paulo fossem, a Maura e o irmão, se Luzia fosse, até o Feijão, mas ele ia dizer que não podia deixar a mercearia vazia, como se alguém fosse aparecer. Eu ia gostar, mas eu não me engano não, eu sei que não vai ter almoço, eu sei que não vai ter frango, porque fazer meu frango pra uma pessoa só é desaforo, né? Nem a Méuri tá aqui, nem a Maura anda vindo, de que que é que essa menina tá vivendo? Ela sabe que eu tô ocupada, mas eu nunca é que ia deixar de servir almoço pra uma menina tão ossuda e tão sozinha quanto ela, eu já tenho que fazer pra mim e um pouquinho pra Laura, que come com bico de passarinho filhote que ela é, mas na hora de mamar o meu peito vira uma leoa desgraçada, não gosta de comida, só de me sugar, a abusada. Não me custa nada fazer um pouco a mais de comida pra Maura, e até pra ela levar pro Mauro comer de noite quando chega do trabalho. O Mauro trabalha muito, o Paulo já deve ter te contado, a gente aqui tem orgulho da nossa gente, mesmo quando a gente não admite que nós somos uns dos outros. Mas você vai ver, morando num lugar que nem esse, paredão de um lado e o fim do mundo do outro, não tem jeito, a gente se sabe. Eu espero que você se acostume, você que já morou até em outro país, que já rodou tudo, espero que você entenda a gente aqui, o nosso jeito meio esquisito. Sou Cícera, sou daqui todinha mesmo.

Espero que um dia a gente possa almoçar, todo mundo, que Maura volte a comer, que alguém se ofereça para fazer a sobremesa. Quem sabe você?

Eu só posso levar uma cadeira. Uma quebrou e a outra tem essa caixa em cima onde eu tô colocando as cartas que te escrevo. Ainda não pesa, mas vai pesar.

Foi assim Alma, sem mais nem menos, de repente mesmo. Começaram a passar uns carros chiques, depois os mesmos carros começaram a parar aqui por perto. Aqui na porta. Uns homens de terno desciam, fotografavam, enfiavam no chão uns aparelhos que eu nunca nem tinha visto. Ficavam um tempão falando entre si, se derretendo de sol e de terno e não falavam com a gente nunca, nem acenar acenavam. Até que uma madrugada, eu lembro como se fosse hoje, chegaram uns caminhões carregando essas coisas gigantescas metálicas e brancas e enormes, eu nem sei dizer com o que elas se pareciam para fazer uma comparação. Eu olhei pela janela e achei que tava sonhando, ou em outro planeta. Eu nunca tinha visto algo tão grande, sabe? E aí começou a ladainha, o barulho sem fim que foi pra subir aquelas torres, uma quantidade de máquinas e caminhões e gente que nunca tinha estado aqui e depois nunca mais de novo.

Foi numa segunda-feira de tarde que alguém se dignou a vir falar com a gente, vieram três homens de terno, mas só um falava, o terno branco já encardido do nosso pó. Tudo laranja. Foram batendo de porta em porta e juntaram todo mundo ali na frente da capela e começaram a explicar que iam subir a usina, que a usina era coisa boa, maravilhosa, o progresso, o progresso, a oportunidade. Sou Cícera mas não sou idiota, sabe? O que falava você nem via a boca, de tanta barba que era. Não via os olhos também, porque tava metido nuns óculos enormes, então era só uma cabeça sem expressão se sacudindo e tentando convencer a gente do que queria. E o mais estranho, Alma, o mais estranho foi que ele convenceu. Todo mundo amaldiçoado, a usina, o mundaréu de futuro que vai chegar, as coisas que vão acontecer, até artista das novelas vindo aqui pra tirar foto. A Teodora, coitada, dava até pra ver os olhos brilhando, disseram que não ia parar de chegar gente, faz um hotel, um restaurante, vai fazer fortuna, isso aqui vai virar o melhor lugar do mundo. Não virou, a essa altura você já sabe disso, né?

Esse diretorzão de agora, que deve ser o que você conhece, xexelento, enxerido, entupido, não chegou nesse começo não, acho que não tinha nem idade pra ser homem ainda. Ele chegou tem uns dez anos, talvez um pouco mais? Seu pai ia saber dizer certinho, porque quando descobriu que esse homem vinha pra cá foi logo dando um jeito de oferecer jantar, oferecer charuto, eu sei porque ele me contou, achando bonito, o peito estufado de orgulho de poder se misturar com gente rica que nem ele, é claro que ele não me convidou. Deve ter te exibido todo faceiro, essa é a minha princesa, não foi assim? Com o diretorzão xexelento nunca troquei palavra, ele chegou já tava tudo funcionando, o vento ventando zunindo e girando as torres, o Miguel vigiando, a vida esperando. Mas eu ouvia a gargalhada dele, eu sei qual é o riso solto desse homem e sei também que ele não gosta de mim só não sei por quê. Mas também não gosto dele. Sabe aquela sensação de tragédia, o ar pesado de quando alguma coisa muito ruim vai acontecer? Foi isso que a usina trouxe pra Capivara, não foi progresso, não foi fortuna, nem a conta de luz que a gente paga ficou mais barata, se você quer saber. A usina trouxe o pesado, uma coisa esquisita que eu sinto todos os dias. Sabe quantas vezes eu já urrei pra eles irem embora? E essa sensação ainda não acabou, impregnou nossa vida, nossa quina, esse ar modorrento de tragédia a gente vai carregar até quando?

Como é que o seu pai sabia o meu nome?

A Maura tá dizendo que o entupido pulou da cachoeira, o Miguel tá dizendo que a usina vai queimar, o seu pai que não tá aqui pra contar pra gente o que vai acontecer e você sabia que quando eu disse pra ele da usina ele não me disse nada? Rosnou daquele jeito que fazia quando não queria que a gente entendesse e deu o assunto por encerrado com um beijo daquele jeito que me fazia esquecer do resto.

Eu não tenho rancor, é um sentimento pesado demais pra se carregar por aí, eu prefiro não. Mas há algum tempo eu aceitei que existem outras concepções de família, que família a gente pode escolher, que não é preciso, e muitas vezes nem é saudável, amar o pai e a mãe incondicionalmente. Porque o pai e a mãe são pessoas, também, e pessoas que podem errar, pessoas que podem ser cruéis, pessoas que podem ser incorrigivelmente o oposto de você. É o meu caso com o Sebastião e a Olga, a gente ocupa outros espaços nesse mundo. Já viram o tamanho da minha cozinha? Ela é menor que a cozinha que a Olga fez pra mim no meu quarto de brinquedos quando eu tinha uns oito anos e isso diz muito sobre a minha mãe, não diz? (Eu me lembro dela penteando os meus cabelos e dizendo Alma, você precisa continuar linda, mas você vai ter que aprender a falar um pouquinho mais baixo, mocinha — e isso diz muito sobre nós duas, eu acho).

E eu sei que essas diferenças machucavam os dois tanto quanto a mim, talvez ainda mais, os pais sempre têm essa ilusão de fazer os filhos à sua imagem e semelhança e eu via nos olhos dos dois a decepção a cada vez que percebiam que eu não era como eles, que eu era eu, que eu não queria um relógio de dezenas de milhares de reais. Ou quando eu levantava da mesa a cada vez que um deles destratava a Suely e eles faziam isso muito. A gente foi se afastando, é natural. Me mandaram pra Nova York, pra eles isso era natural. Morei lá, voltei pra casa, meu pai tentou me enfiar nos negócios dele. Precisei de três semanas pra perceber que, se não havia crime, era, no mínimo, muito duvidoso. E eu contava uns dezoito direitos trabalhistas que ele parecia desconhecer. Fiz denúncias anônimas, mas o juiz era amigo dele, claro que era.

Fiz o que pude, cansei. No meio do caminho conheci o Paulo, talvez o maior desgosto dos dois. Uma menina tão linda, delicada, estudada, acabando assim, com esse moreno chucro. Eles não conseguiam dizer negro, então eu respondia o Paulo é preto, mãe, preto, preto, preto retinto, e até conseguia ver o corpo dela mirrado elegante se tremendo inteiro.

Agora o velho morreu, mas era ainda o meu pai, teve coisa boa também, em algum lugar, há muito tempo, ele era ótimo contando história, nunca repetiu nenhuma, mesmo se eu pedia ele dizia você vai ouvir uma nova hoje e começava e tudo acontecia rápido nos cenários absurdos e ele gargalhava com a minha risada e eu apertava a mão áspera com a minha mãozinha e se a gente tivesse ficado ali eu teria sido mais feliz. Agora ele morreu e eu tinha a obrigação de fazer o que fiz, essa fazenda não era minha depois de tudo que eles fizeram e agora todas as pessoas me chamam de louca, doida, tem quem diz que foi o Paulo que me endoideceu, tem quem diz que foi o Vento Vazio, eu escuto tudo e só gargalho, muito alto, muito louca, um escândalo, uma paz. Saí de lá levando nada, só um relógio do meu pai, imenso, brilhante, ele me disse mais de quarenta e cinco vezes que o relógio valia mais que um apartamento.

Joguei no rio.

Gargalhei de novo.

O Miguel veio aqui de novo, você acredita? Ô velho pirracento, ele não tem valentia para tocar a campainha e me perguntar o que eu tô fazendo, mas fica aqui, rondando a casa, me espiando por cima do muro e eu sou Cícera e sou garça velha e mesmo quando tô concentrada nos meus processos eu sei o que tá acontecendo e eu quase sinto a cabeça desse velho apoiada em cima do muro me olhando e agora deve estar se mordendo pra saber onde foi parar a Méuri Bete e eu é que não vou dizer, vou seguir cavando e fazendo cara de doida quando ele me olha, a cara de doida que eu faço é muito boa, eu começo a mexer o olho bom e aí no contraste com o olho que não mexe dá um incômodo bem grande nas pessoas e fico parecendo maluca ou então uma galinha tendo um piripaque e as duas coisas assustam, não é mesmo?

E não é que eu não goste do Miguel, depois de tanto tempo já aprendi a aceitar ele aqui, mas é que é muita mania para uma pessoa só, são muitos anos de mania e ele faz a mesma coisa agora que fazia quando o seu pai vinha aqui, foi por causa da cabeça curiosa do Miguel que o seu pai decidiu subir o muro aqui de casa, e é por isso que a minha casa é a única que tem muro aqui. Eu quis pintar mas o Sebastião me disse de besta e insistiu que o muro era só um muro. Você acha que eu não ia gostar de ver a rua, de me sentar no meu degrauzinho de porta com o café na mão e ficar vendo tudo o que acontece, a Maura dançando, o Paulo voltando com flores, você, agora você? É claro que eu queria, mas o seu pai pediu a privacidade dele e eu dei e aí ele foi lá e fez esse muro, mas não pintou e isso é ainda uma coisa que eu quero fazer. Todo colorido, roxo e vermelho, ou vermelho e branquinho, ou todas as cores do mundo.

Como é que o seu pai sabia o meu nome, hein?

Mas o que eu queria te dizer mesmo nessa carta é que o Miguel parece difícil mas é boa pessoa, você só precisa ter paciência e de vez em quando deixar as coisas saírem pelo ouvido sem passar por dentro da cabeça, não precisa prestar atenção em tudo o que ele fala não e se você achar que ele está te olhando feio, talvez é só porque ele já não tá enxergando mais, você viu que tem um véu branco bem fininho no olho todo dele? É que ele tem mais de cem anos, ou quase, e as coisas começam a falhar.

Ele gosta de pouca coisa, café é uma delas, e umas roupinhas arrumadas de vez em quando também, mas o miserável não sai nunca pra comprar, ele só sai pra ir visitar a Teodora no cemitério então se um dia você for pra Candeia ou, melhor ainda, pra Santina Boa, e puder trazer umas coisinhas, eu te aviso o tamanho dele, mas não pode falar nada senão ele não aceita, velho orgulhoso é o pior tipo de velho que tem, é ou não é? Eu queria te dizer também que eu sinto muito que a Méuri tenha ido embora justo quando a irmã chegou, claro que ela sabia que era sua irmã, claro que ela sabia do Sebastião, a Méuri nasceu inteligente e astuta, a desgraçada, dela eu não tive como esconder porque o homem continuou aqui por muitos e muitos anos, mas pra Laura eu não vou querer contar não, então essa carta é também pra te pedir segredo, faz assim que nem o Miguel, pode vir, pode saber, eu te conto qualquer coisa que você me perguntar, faz assim que nem ele e coloca a cabeça pra cima do muro, eu prometo não te fazer a cara de galinha mas te dar o meu melhor sorriso, se você vier aqui um dia, se você vier aqui agora.

Como tá a sua mãe, Alma? A Olga sempre gostou de mim, e isso me partia o coração. Vocês já vieram aqui na Quina algumas vezes, como família feliz, você se lembra? Deve que não, você era miúda ainda, foi com a usina, com a gente importante que começou a frequentar esse fim de mundo e você sabe muito bem que o seu pai não podia ver gente importante que precisava se misturar logo. Desculpa se eu estiver me repetindo. Então ele começou a ficar por perto, mas ficar por perto oficialmente, com você e sua mãe a tiracolo, e não enfiado na minha casa escondido como ele sempre esteve antes. E você pense, a usina ainda era uma ideia, um processo, uma obra, e não tinha banheiro, não tinha nem onde sua mãe mijar ou lavar o rosto depois de passar horas sorrindo e apertando as mãos importantes debaixo do sol quente, então vocês vinham aqui que era a civilização mais perto e a gente é tudo bobo tudo caipira tudo jacu ficava todo mundo na porta de casa olhando vocês passarem sorrindo e eu acho que sua mãe foi com a minha cara porque ela sorriu largado pra mim e perguntou licença, será que eu poderia dar um pulinho no seu toalete? Fiquei olhando na cara dela sem entender, desviei o olho e vi seu pai encarando o chão como se fosse um avestruz que quisesse morar debaixo da terra e falei venha, desconfiei que toalete era o banheiro e tava certa, sua mãe entrou com você e vocês se refrescaram e eu tinha uma água geladinha que ofereci e sua mãe não conhecia o gosto da água do filtro de barro, veja só! Ela me deu até um abraço na hora de ir embora e nessa hora o seu pai já nem tava perto deu o jeito dele de sumir, acho que ficou com medo que eu falasse qualquer coisa ou fizesse qualquer coisa mas eu nunca faria, Alma, eu nunca faria.

Eu nunca quis destruir uma família, sabe? Eu já amava o seu pai muito antes de vocês serem uma família e eu fui fraca, a verdade é essa, mas eu nunca fiz por mal e eu espero que você possa entender, eu espero que sua mãe nunca precise entender agora que ela já tá viúva mesmo e deve ter coisa demais na cabeça, mas me conta como é que vocês estão, a mãe da gente é coisa importante, Alma, vê se você se entende com a sua, não desperdiça isso. Você já percebeu que aqui todo mundo só tem mãe? Pai é só história, ou passado, ou fantasma. Mãe é tudo que a gente tem no final, então você se entenda com a sua, ela é uma boa mulher, apesar de ser meio fresca, mas se eu fosse rica ia querer ser fresca também. Eu vou caçar a Méuri Bete e vou mandar ela se entender comigo também, menina atrevida dos infernos, ingrata maldita, tudo o que a gente tem no fim do dia é a nossa mãe.

Eu coloquei o olho que seu pai me deu numa caixinha muito bonita.

Quem foi que falou meu nome pro seu pai? Sou Cícera, mas como ele sabia?

A Laura é bebê bom, já te peço desculpa se por acaso o choro dela te acordar, mas é quase nunca que ela chora, é o sossego encarnadinho. Eu nunca vi um bebê que fica tanto tempo parado, olhando o céu, olhando as coisas, ela até ri pra não sei o quê, só chora de fome ou quando a fralda tá suja. Eu atendo rápido, sou mãe atenta, sou mãe por perto o tempo inteiro, mas esses dias tá ficando mais difícil, por causa dos buracos. Você já deve saber que eu tô cavando, a cabeça do velho no meu muro significa a língua do velho nos dentes e qualquer um que tem ouvido por aqui já sabe dos meus buracos. É um buraco só, mas ele é do tamanho da minha fome, eu preciso encontrar o que eu procuro, a Laura precisa que eu encontre, e até aquela ingrata da Méuri precisa, ela vai voltar, você vai ver.

Eu nunca planejei terminar assim. Acho que ninguém no mundo inteiro planejaria terminar assim, as roupas imundas porque não tenho tempo de lavar, um lenço feio e verde amarrado na cabeça pra segurar os cabelos que só fazem crescer, duas filhas de pai morto que não era pai nem quando era vivo. Um olho só o outro guardado porque já tava era me irritando e as mãos completamente sem unha de tanto cavar. Eu tenho ferramentas mas tem hora que me bate um desespero, me bate uma pressa e eu jogo tudo longe e vou com as mãos mesmo e a primeira unha que saiu eu gritei, pulou inteira do meu dedo dava pra ver o buraco ali na ponta mas o sangue logo tomou conta de tudo, a segunda que caiu eu gritei também, mas na terceira eu já nem senti, você amarra um retalho de pano na ponta do dedo e troca se ele fica todo molhado vermelho porque a terra começa a grudar e cava. Você cava porque é isso que você tem que fazer, você cava porque você já não dá conta de todo o resto, eu preciso encontrar.

A Laura mama e mama, leitoa, lobinha-guará, loba-guarazinha, quando não tá olhando o céu e rindo pra qualquer coisa ela tá pendurada nas minhas tetas e as minhas tetas já quase encostam no chão, criar duas filhas bezerras famintas acaba com o corpo de qualquer mulher e o seu pai amava as minhas tetas sempre agarrava com força as mãos fechadas apertadas e na boca aquele barulho de pastel fritando e nos olhos todo o amor do mundo pelas minhas tetas mas desde que a bebê nasceu ele já não encostava mais nelas, nem olhar olhava, e como eu sentia saudade daquelas garras em mim, ainda sinto. Sou Cícera mulher, Alma.

A Laura é bebê bom, Alma, se você quiser vir aqui conhecer a sua irmã você me avisa eu vou arrumar uma roupa melhorzinha pra mim, eu vou tomar um banho, eu vou lavar os meus cabelos e tentar tirar os nós que já estão me devorando, eu vou passar um café. Espera o vento ir embora e vem, Alma. Você me avisa?

Eu fiquei pensando aqui, mastigando uns panos, eu não quero que você pense que o seu pai renegou as outras filhas, ele nunca fez isso. Nunca deixou faltar nada aqui em casa, nem mesmo o queijo que eu adoro, que eu sei que não é barato, mas ele sempre me trazia meia peça, ou peça inteira quando tava esnobando. Ele me deu até uma caixinha de madeira com porta pra guardar o queijo, falava que queijo bom tem que curar na madeira, pra eu parar de cobrir o bendito com meus pano de prato, você pensa só, uma casa pro queijo. As meninas também tiveram tudo, ele quis colocar a Méuri na escola lá em Candeia, eu que não deixei, não pelo preço, mas pelo longe e se ele tivesse vivo ia fazer a mesma coisa com a bebê Laura, ia insistir, mas eu não ia deixar também não, como é que a menina vai parar todo dia em Candeia, ir e voltar todo dia, impossível. E nem eu ia ter jeito de explicar como é que pago escola cara de gente importante. Nunca faltou nada aqui em casa e o seu pai dizia que nunca ia faltar, que eu ficasse tranquila e trabalhasse menos, ainda bem que não ouvi porque mesmo sem querer ele foi embora, né?

Mas eu não quero que você pense que ele renegou a Méuri e a bebê Laura, ele só não se afeiçoou a elas, nunca pegou no colo, nunca fez um carinho, nunca cantou pra dormir. Nem a minha barriga embuchada ele carinhava, é como se eu fosse duas pessoas diferentes, a mãe delas e a mulher dele. A amante dele, eu sei. Ele não misturava as coisas, e sabia muito bem sabido que era o pai delas e deixava tudo no jeito pra elas mas nunca chamou de filhas, e elas nunca chamaram de pai até porque eu nunca disse pra elas que ele era, ninguém precisava saber, eu bastava a elas e o homem que vinha aqui de vez em quando era só o meu namorado e essa história de pai é outra história, mas não houve descaso, não houve. A Méuri perguntou umas vezes, claro que ela sabia mas eu desconversava, isso eu sei fazer, aprendi.

Mas agora ele morreu, morreu de caminhão, coisa esquisita, e daqui a pouco eu vou ter que comprar comida pra bebê, ela não vai ficar só mamando pra sempre o leite seca o peito murcha. Meu dinheiro é minguado, dinheiro das costuras, das marmitas, dos favores e por isso eu cavo. Porque pra mim eu nem importo, se precisar eu fico uns dias sem comer, se precisar eu cato as mangas todas ali da esquina, mas a bebê tem que comer, toda criança come, cresce, grita de fome e é por isso que eu cavo, não é porque eu tô louca como vocês todos estão pensando, não é porque eu já não penso, como vocês todos estão pensando, eu cavo porque se tem algum lugar em que dinheiro nasce em árvore esse lugar é aqui e se tem alguém que vai encontrar esse alguém sou eu e quando eu achar esse dinheiro eu vou comprar o mundo inteiro, todos os olhos que existem e todas as unhas que existem e tetas. Eu vou comprar as tetas.

Sou Cícera, mas como é que o Sebastião soube, me diz? Diz.

É com dor no coração e os olhos cheios de lágrimas que comunicamos o falecimento de Sebastião Ávila, dedicado marido, apaixonado pai, incansável trabalhador e fiel amigo. Comunicamos que o velório será realizado na Fazenda Arroio. Quem desejar prestar condolências terá sua presença bem-vinda. O sepultamento será feito no Cemitério de Candeia, às dezessete horas. Que sejamos fortes.

Ou algo assim.

A minha mãe é essa mulher (bem-criada) que consegue convencer o *Jornal da Cidade* a fazer uma reimpressão só para que seja publicada a nota de falecimento do marido, o dedicado marido. Ele morreu no horário do almoço e ninguém compra jornal depois de dez horas da manhã, mas ela teria a lembrança enfiada numa gaveta pelo resto da sua vida de viúva e era isso que importava. Ou, talvez, mais ainda, era poder ver pela última vez o distinto nome de Sebastião Ávila estampando as páginas de um jornal, mesmo que sem a pompa de todas as outras vezes, fazendeiro de resultado, negócio em expansão, Família Ávila, o Ávila, o sucesso.

O velório teve tudo: a viúva inconsolável, os amigos competindo para ver quem sofria mais, os curiosos aproveitando as portas abertas para circularem por outros cômodos que não a sala com o caixão no meio, o Mauro carregando a Maura pela mão, a Maura carregando um coelho pela mão e os cabelos enormes da menina ficando presos na fechadura, a Suely esbaforida e suada correndo de um lado para o outro servindo água com limão, água com pepino, e torradas quentes com manteiga. Numa mesa lateral, em frente ao espelho, duas garrafas de café e um pote de suspiros.

Não teve o diretor da usina e isso foi estranho, rico não deixa de prestigiar rico, muito menos na hora da morte, aquele sabor de ver quem durou mais, quem venceu mais, quem sobreviveu às agruras do mundo e ainda conseguiu fazer fortuna. O *Jornal da Cidade* comentou em nota discreta a ausência, especulando que devia andar junto com o fechamento da usina, o homem importante que devia ter outras prioridades no momento que não velar gente morta, o prejuízo rondando a conta bancária, a vergonha rondando o travesseiro, qualquer coisa assim. A Maura gritou, quando alguém falou o nome dele,

tá morto

mortinho

pulou na capivara e ficou tudo vermelho

vermelho pra caralho

morreu e eu vi

morreu o filho da puta.

Maura gritou também pedindo desculpas pelo morto, pelo caminhão, pelos peitos de fora. Mas ela tava vestida. E ninguém se importa com o que a menina fala.

Quando eram duas e qualquer coisa, a Suely fechou todas as janelas, porque o vento começava a se insinuar do lado de fora. Mas era cedo e ninguém se lembrou de acender as luzes, de modo que estava meio escuro, fazendo tudo parecer mais triste e deixando em alguns a impressão de que já estávamos atrasados. A Olga estava lá, sentada de mãos dadas com o meu pai, como se ele fosse tudo o que ela tinha na vida, agora nada. Eu não me aproximei, aqueles olhos fechados que não se abririam de novo eram difíceis demais de olhar, aquele não era o meu pai, eu ainda me lembrava como eram os seus olhos vivos, os seus olhos ternos, mesmo que fizesse muito tempo. Estava escuro quando gritaram o morto, nós viemos levar o morto. Quantas vezes esses meninos já fizeram esse transporte e até hoje não sabem como se portar? Quem grita pelo morto é só a viúva, eles já deviam saber.

Suely correu, ainda esbaforida, para abrir as portas, duas folhas de madeira entalhadas com motivos florais, pesadas, importantes, a cara do morto. Do outro lado da sala eu vi: ela não precisou fazer qualquer esforço, foi só tirar a trava de segurança que as portas se escancararam absurdas em sua direção, o vento, o vento, Suely no chão, assustada. Ninguém disse nada mas todos pensaram a mesma coisa, Deus me livre de morrer em noite de Vento Vazio.

O diretor não mandou coroa, ninguém da usina mandou. Estranho.

A primeira vez já tem um tempo. Eu ia lá tirando o lixo quando vi ela toda brilhante, sozinha, ali bem no meio do meu quintal. Minha mãe me ensinou que dinheiro, quando chega na gente, a gente agarra. Foi por isso que eu larguei o saco com o lixo e corri e confirmei que era dinheiro mesmo, uma moeda sozinha, brotadinha do meu chão, um realzinho só, mas naquele tempo isso valia mais que hoje. E qualquer dinheiro é dinheiro, né? Ainda mais assim, nascendo no meu chão, sem eu nem precisar plantar nada.

Isso já faz muito tempo, anos mesmo, e todo dia, todo santo dia, desde esse primeiro, todos os dias eu fui lá e ela tava lá, a minha moeda de um real, o meu dinheiro que tava nascendo direto na grama ressecada da minha casa, finalmente alguma coisa dando certo pra mim. Todo dia da semana, segunda terça quarta quinta sexta, mas sábado e domingo não nascia dinheiro não. É claro que não fiquei rica, faz as contas aí, um real por dia é mixaria, mesmo dez anos atrás. Mas ajudava, ajudava muito ainda mais pra gente como eu, que nunca fui mulher de fartura.

Mas o problema é que do mesmo jeito que começou parou, de repente, dia desses, eu acordei e minha moeda não tinha brotado ainda, esperei um pouco, a natureza não tem relógio, às vezes as coisas atrasam mesmo, mas passou o dia inteiro e nada, o dia seguinte e nada e a gente bem sabe que pé de dinheiro não seca assim. Aconteceu faz pouco, eu tô dizendo que são tempos esquisitos aqui na Quina, a usina fecha, o homem diretor que me odeia desaparece e não gargalha mais aqui perto de mim, o outro morre e meu dinheiro já não brota, tudo ao mesmo tempo.

Eu não tive outra escolha, eu tive que cavar, eu tenho que cavar. Preciso descobrir onde é que foi que esse pé de moedas se meteu, eu sei que não é dinheiro grande, mas é tudo o que eu tenho, eu já não tava conseguindo dormir sem saber o que tinha acontecido e quando eu não consigo dormir, Alma, você não queira estar perto, o meu humor é horrível, a minha paciência fica do tamanho de um percevejo desses bem miúdos, e eu vou ficando meio louca. Isso quem diz é a Maura, se ela me escuta dizer que eu dormi mal dá um jeito de desaparecer e fica dias sem dar as caras, eu devo ter feito qualquer coisa pra ela que nem lembro mais, ou então ela inventou, porque é completamente maluca, é o sujo falando do mal lavado. O porco falando do toucinho. A louca falando da maluca. Ou o contrário.

A Méuri tava gostando de procurar comigo, vivia dizendo que era alguém me fazendo de boba, que devia ter um saco cheio de moedas em algum lugar e um monte de dentes rindo de mim, mas gostava das moedas também. Depois desistiu, a desgraçada. Me chamou de maniática, diz que eu endoideci de vento, e depois que eu ia endoidecer de saudades do seu pai e isso pode ser que aconteça mesmo, mas não tem nada que ver com as minhas moedas, as minhas moedas eu preciso achar porque eu preciso, porque eu quero. Foi embora e tentou levar minha bebê com ela, mas eu rosnei. Agora sou eu, a bebê e as moedas. Tudo o que eu tenho, menos as moedas que eu não tenho mais.

Eu comecei levando a terra lá no canto, colocava tudo em saco de lixo e quando o caminhão passava, levava sem perguntar, sem reclamar, sem esticar o pescoço pra ver o que que tava acontecendo aqui, caminhão não é Miguel. Mas eu ando fraca, Alma, as forças tão faltando pra carregar os sacos até lá, eu tô exausta, desesperada, faminta, ensolarada, comecei a cavar no sol e o suor que pinga no meu olho não me deixa enxergar e você já olhou o sol com os olhos fechados, Alma? É vermelho, vermelho.

A terra precisa sumir daqui, eu preciso tirar tudo pra achar o meu pé de moedas, então eu comecei a comer, uma mãozada assim de cada vez, nem precisa mastigar, eu engulo tudo e cavo, eu cavo tudo, cavo, cavo, a terra é alaranjada e desce queimando as minhas tripas, a bebê grita, a desgraçada da Méuri que não aparece e nem a minha moedinha, cadê a minha moedinha?

Já não preciso de comida. Eu nem preciso do dinheiro, mas eu quero o meu dinheiro. Eu preciso é do seu pai, aqui em cima de mim, dentro de mim, as mãos em volta do meu pescoço me dizendo que queria me matar. Eu preciso é de vento, do barulho do vento, do vento me sacudindo inteira balançando os meus pensamentos.

Eu vou ficar aqui pra sempre.

O LIVRO DA MAURA

Qshhh.

Fica todo mundo morrendo o tempo inteiro.

Um corpo pulando só de gravata. Minha mãe. Um caminhão sem freio.

Uma bebê rasgando a mãe todinha por dentro. Um corpo esmagado. O outro pulando. Caindo, a água escorreeeeeeeendo, o corpo caindo, a pedra.

Um corpo vermelho, de repente.

Vermelho é a cor que eu mais gosto.

Eu tenho catorze anos, o dia que eu cheguei mais perto da morte foi o dia que eu nasci. Um dois três quatro até catorze, de quatro aos catorze.

Morreu a minha mãe, eu não.

E hoje, ou foi ontem, ou já faz mais de mil anos, eu perto da morte outra vez. O corpo, a água, escorreeeeeeeeendo, escorrido. Um caminhão. Sebastião espremido na parede, as entranhas pra fora, eu ali.

Todo corpo tem um dono, esse é dos importantes, outros não, eu não. Sou só a Maura, Maurinha. Todo mundo diz que sou doida, doidinha de tudo, doida de pedra. Mas ninguém diz isso na minha cara. Nem precisa.

Todo corpo estoura quando a pedra, mas só alguns desapa-
recem.

Assim ó.

Qshhh.

O vermelho.

Na Capivara só tem um lugar para ir de gravata e não é o inferno, nem lá esse absurdo. Gravata é a puta que pariu, aqui é roça, meio do mato, fim do mundo. Gravata é só na usina, é o morro do Camelinho, é lá que precisava de gravata e esse corpo inteiro que agora eu já não sei onde está. Pulou.

Tem o cheiro, tem o gosto, tem o jeito da usina. Mas a usina sumiu.

Assim ó.

E esse corpo inteiro pulou só de gravata, a cachoeira mata, a Capivara não é bicho manso, quem disse isso é que nunca veio aqui. Pessoa de sorte.

Quando me olho no espelho eu não vejo nada, hoje é diferente do tempo em que eu via a minha cara toda cheia de buracos, o vazio atravessando de um lado até o outro, eu olhava o espelho e via o atrás da minha cabeça, o que eu não devia estar vendo, mas eu via, porque a minha cara era cheia de buracos, mas isso foi há muito tempo, todos os minutos e segundos do mundo e agora eu já não vejo nada. Nem a minha cara.

Melhor assim, sou mulher menininha de cara feia.

O Mauro diz que são os remédios, mas eu sei que são só os buracos que se enfiaram na cara de outra pessoa, mas logo ou tarde vão voltar. É porque eles sempre voltam.

A minha cara eu não sei onde está, se eu olho para baixo eu vejo as mãos mas isso também não quer dizer muita coisa. Qshhh. Qshhh. Qshhh. Assim ó.

Ó.

Esse lugar onde eu moro tem cheiro estranho, cheiro de podre, cheiro de gente que já morreu. Eu moro aqui desde que nasci, ou talvez antes, já não me lembro. A usina também mora aqui desde que eu nasci, ou antes, e as pessoas que trabalham na usina são todas feias e todas fedem e dia desses eu vi aquele homem barbudo importante lá na cachoeira. Eu falei e ninguém acreditou. Ninguém me acredita.

Mas ele pulou.

Eu tava sozinha, como hoje ou como ontem, eu tava lá no alto porque às vezes eu preciso andar, eu gosto. Eu saio da minha casa e são três estradas, até que vira cachoeira e lá do alto eu vejo qualquer coisa. Naquele dia eu só vi a gravata e o resto do corpo sem roupa, o pau lá pendurado murcho e feio. Ele todo murcho e feio.

Se ele também me viu não disse nada, era mais importante pular.

Ele pulou a água, a pedra, o barulho de um corpo caindo na água é splash.

Splaaaaaaaash.

Eu já disse qual é a minha cor favorita, é vermelho e foi assim que tudo ficou.

A água vermelha.

A vista vermelha.

O céu vermelho.

A lua imensa.

Choveu enquanto eu voltava pra casa, e eu gosto da água da chuva porque ela não é tão fria. Na verdade, ela é quente, quentona, fervosa. Quente eu sou também.

Meio puta.
Puta inteira.

Puta.

Puta. Puta puta puta. Puta puta. Puta puta puta puta. Puta. Puta. Putona. Puta puta. Puta. Puta puta puta puta. Puta. Putona. Puta puta. Puta puta puta puta puta.Puta puta. Puta puta puta puta. Puta. Puta. Putona. Puta puta. Puta. Puta puta puta puta. Puta. Putona. Puta puta. Puta puta puta puta puta. Puta puta. Puta puta puta puta puta.Puta puta. Puta puta puta puta. Puta. Puta. Putona. Puta puta. Puta. Puta puta puta puta. Puta. Putona. Puta puta. Puta puta puta puta puta. Puta. Puta puta puta. Puta puta. Puta puta puta puta. Puta. Puta. Putona. Puta puta. Puta. Puta puta puta puta. Puta. Putona. Puta puta. Puta puta puta puta puta.Puta puta. Puta puta puta puta. Puta. Puta. Putona. Puta puta. Puta. Puta puta puta puta. Puta. Putona. Puta puta. Puta puta. Puta puta puta puta puta. Puta puta. Puta puta puta puta puta.Puta puta. Puta puta puta puta. Puta. Puta. Putona. Puta puta. Puta. Puta puta puta puta. Puta. Putona. Puta puta. Puta puta puta puta. Puta putinha. Puta puta. Puta. Puta puta puta. Puta puta. Puta puta puta puta. Puta. Puta. Putona. Puta puta. Puta. Puta puta puta puta. Puta. Putona. Puta puta. Puta puta puta puta puta.Puta puta. Puta puta puta puta. Puta. Puta. Putona. Puta puta. Puta. Puta puta puta puta. Puta. Putona. Puta puta. Puta puta puta puta puta. Puta puta. Puta puta puta puta puta.Puta puta. Puta puta puta puta. Puta. Puta. Putona. Puta puta. Puta. Puta puta puta puta. Puta. Putona. Puta puta. Puta puta puta puta. Puta. Puta puta puta. Puta puta. Puta puta puta puta. Puta. Puta. Putona. Puta puta. Puta. Puta puta puta puta. Puta. Putona. Puta puta. Puta puta puta puta puta.Puta puta. Puta puta puta puta. Puta. Puta. Putona. Puta puta. Puta. Puta puta puta puta. Puta. Putona. Puta puta. Puta puta puta puta. Puta puta. Puta puta. Puta puta puta puta puta.Puta puta. Puta puta puta puta. Puta. Puta. Putona. Puta puta. Puta. Puta puta puta puta. Puta. Putona. Puta puta. Puta puta puta puta puta. Puta. Puta puta puta. Puta puta. Puta puta puta puta. Puta. Puta.

Putona. Puta puta. Puta. Puta puta puta puta. Puta. Putona. Puta puta. Puta puta puta puta puta.Puta puta. Puta puta puta puta. Puta. Puta. Putona. Puta puta. Puta. Puta puta puta puta. Puta. Putona. Puta puta. Puta puta puta puta puta. Puta puta. Puta puta puta puta puta.Puta puta. Puta puta puta puta. Puta. Puta. Putona. Puta puta. Puta. Puta puta puta puta. Puta. Putona. Puta puta. Puta puta puta puta puta. Puta. Puta puta puta. Puta puta. Puta puta puta puta. Puta. Puta. Putona. Puta puta. Puta. Puta puta puta puta. Puta. Putona. Puta puta. Puta puta puta puta puta.Puta puta. Puta puta puta puta. Puta. Puta. Putona. Puta puta. Puta. Puta puta puta puta. Puta. Putona. Puta puta. Puta puta puta puta puta. Puta puta. Puta puta puta puta puta.Puta puta. Puta puta puta puta. Puta. Puta. Putona. Puta puta. Puta. Puta puta puta puta. Puta. Putona. Puta puta. Puta puta puta puta puta. Puta. Puta puta puta puta. Putona puta puta. Puta. Puta puta puta puta. Puta. Puta. Putona. Puta puta. Puta. Puta puta puta puta. Puta. Putona. Puta puta. Puta puta puta puta puta.Puta puta. Puta puta puta puta. Puta. Puta. Putona. Puta puta. Puta. Puta puta puta puta. Puta. Putona. Puta puta. Puta puta puta puta puta. Puta puta. Puta puta puta puta puta.Puta puta. Puta puta puta puta. Puta. Puta. Putona. Puta puta. Puta. Puta puta puta puta. Puta. Putona. Puta puta. Puta puta puta puta puta. Puta. Puta puta puta puta. Putona puta puta. Puta. Puta. Putona putona. Puta putinha. Puta. Puta puta puta puta puta puta puta puta puta pu

Foi bem ali na cachoeira que aprendi o que era puta. Vem gente de Candeia nadar aqui, porque é bonito, porque é aquela água imensa, aquela água toda.

Vem um carro cheio de meninos com as pernas cabeludas, os bigodes nascendo.

Eles não me viram, mas eu vi.

Eles não me escutam, porque nunca falo nada.

Mas eu escuto.

Eles disseram que a Marília Terra era puta.
Eles disseram que o José era um veadinho.
Eles ficaram horas falando o que cada um fazia.

Eu aprendi.
Quis ser puta também.

Eles voltaram outra vez.

E outra.
E outra.

E outros meninos de bigode recém-crescido.
E eu lá, doidinha pra ser puta.

Eu ouvi tudo, eu vi tudo, eu aprendo rápido. Eles me viram, me chamaram, eu gostei. Chamaram os meus peitos de pequenos, mas apertaram com toda a força, com todas as unhas, lamberam com todas as línguas e eu gostei.

Todo mundo sabe que cachoeira não se mistura com chuva, não.

A tromba.
A água.
O peso infinito e todos os corpos.

Eu não fiquei para ver, eu corri com os maiores chinelos que alguém já correu, eu fui embora mas nem todo mundo foi.

Foi no dia do meu aniversário: catorze anos. Catorze mil anos, é a mesma coisa.

Eu disse que não queria bolo, obrigada, não, mas eu queria sim, todo mundo quer um bolo no dia do aniversário. O Mauro disse que tava sem dinheiro. Puto. A Maura chorou.

O Mauro disse que não sabia fazer bolo, mas eu acho que é mentira, porque o Mauro é muito cozinhador.

Me comprou um saco pequeno de amendoins.

Cento e quarenta e oito amendoins dentro.
Um
dois
três
quatro
cinco
seis

conta assim até cento e quarenta e sete cento e quarenta e oito.

Comi todos eles e o meu irmão comprou também uma garrafa inteira de Coca-Cola mas foi só ele que tomou e depois dormiu cedo.

A Maura fugiu. A cachoeira. Meia lua inteira.

Ainda penso muito nesse dia, lembro muito desse dia-noite que a cachoeira ficou toda vermelha, eu ainda vejo muito essa noite no lá dentro da minha cabeça.

Faz pouco tempo. E agora outro corpo, depois do meu. O corpo do Sebastião, esmagado atrás do caminhão. Ninguém me contou, fui eu que vi. Eu tava lá. Primeiro eu vi os olhões do motorista me olhando. Eu tava fugida de casa, andei até o Arroio.

O Arroio é longe, longe, do outro lado do mundo. Demora um dia, cem mil dias pra chegar. Fui cantando as músicas que eu gosto, fui rosnando. Cheguei e fiquei com calor, tirei a blusa.

As tetas de fora e a Maura ali, andando na beirinha da estrada. No alto de tudo.

Olhei pra baixo e vi: o caminhão e os olhões do homem dirigindo. Ele me olhou nas tetas, tomou um susto, eu vi nos olhos dele o susto dele.

E aí o caminhão andou e fez um barulhão que dói o meu ouvido até agora.

Sebastião morreu.

O diretor da usina também, mas esse não foi minha culpa.

Não foi.

A Maura não fez nada. As tetinhas guardadas.

Pé é o que pula, ou então os joelhos, isso depende do movimento, de como o corpo quer descer.

Eu achei bonito ver a coragem pulando,

caindo,

feito pedra vermelha bem no meio da minha cara.

Se ele me olhou nos olhos eu já não sei. Mas o do caminhão me olhou. E todo mundo morreu.

E a usina nunca mais abriu, foi outro dia, a corrente na porta como se fosse uma corda enrolada no pescoço de alguém e eu não gosto de corrente e foi por isso que eu cortei, foi só isso, cortei e voltei pra casa e enfiei o cadeado enorme no fundo da gaveta, antes mesmo de o Mauro abrir os olhos, tem que ser assim, pra ele nunca saber. O Mauro não é doido não, só um pouco devagar. Sou acelerada, rebolo rápido, todo mundo gosta.

Tem que ser de noite, no silêncio.

O Mauro gosta muito de dormir, ele gosta muito de roncar. Não sei se sonha, mas também ele é rápido e o ouvido, grande.

Outra coisa que o Mauro gosta de fazer é dar a bunda inteirinha praquele namorado dele.

O cu.

Pegar gonorreia, todo mundo falou.
Mijando pus amarelo.
As bolas enormes.

Gritava pra mijar.

Assim ó:

Aaaaaaaaaaaaaaaaaaaaaaaaaaaaaaaaaaaaaaaaaaaaaaaaaaaaa
aaaaaaaaaaaaaaaaaaaaaaaaaaaaaaaaaaaaaaaahhhhhhhhhhhhhhhh
hhhhhhhhhhhhhh, caralho.

Ui. Ai.

Ui ui.

Ele ficou bravo porque coloquei o nome da cachorra nova
de gonorreia. Não me deixa falar com ninguém, mas eu falo.

Foda-se o que sumiu, quem sumiu ou o que ficou, eu nunca fui lá dentro. Eu só não gostei do portão fechado, o cadeado
gritando não entra.
Assim ó: NÃO ENTRA!

Fui lá e cortei mesmo. Tem dois séculos que a usina já tava
me irritando.

Eu gosto é da cachoeira e não gosto nada de corrente

de corda

cadarço

arame

barbante

ou

as mangas compridas de uma camisa que se amarram em um nó.

E os braços não mexem.

Toda casa tem tesoura e alicate, mas só a minha casa tem o Mauro, o meu irmão que tem o mesmo nome que eu, mas que tem mais cinco anos. Quando eu nasci, a minha mãe morreu e a dele também, mas é só ele que lembra e eu não.

Ele disse que eu me chamo Maura porque é assim que a nossa mãe queria, se é verdade eu não sei, nunca ouvi a voz da minha mãe. A voz que eu mais escuto é a do Miguel, ele tá com saudade da usina e velho morrendo com saudade não sabe o que fazer. Aí fala, fala, fala. Fica contando história, passa aqui na porta e pede café e fala, fala, fala.

Qshhh.

Quando o Mauro ficou grande, os bigodes na cara, ele falou firme com a nossa tia que não precisava mais dela. Que era eu e ele, Mauro e Maura, que ele já podia cuidar de mim e cuidar dele e comprar as coisas que uma casa tem que ter.

A nossa tia fingiu que não queria ir embora, e até disse que ia ficar, mas o corpo todo já quase fora da casa, e isso ela nunca disse mas eu sei que era medo de mim.

Medo de mim.

De mim.

Qual a gargalhada mais alta que alguém pode dar?

Eu também tenho medo de mim, só quem não tem é o Mauro. Ele é a única pessoa que olha lá dentro do meu olho quando eu tenho alguma coisa pra falar.

As outras todas olham o chão, mas eu falo assim mesmo.

Periquita, Jesus Cristo e pirulito.

O Mauro sabe cozinhar e foi ele que me ensinou, e eu não sei quem é que foi que ensinou pra ele, mas a cebola que ele pica é a menorzinha que eu já vi.

Miúda.

Mínima.

Menina, menina.

Mentira.

E todo mundo tem faca em casa, não tem?

O Mauro trabalha quase todos os dias e tem dias que ele vai embora e tranca tudo e tranca a Maura e tem dias que não. As janelas abertas todas e a chave quietinha enfiada na fechadura.

É nesse dia que a Maura vai na cachoeira, no sol, é nesse dia que a Maura coloca a chave dentro do sutiã e vai andando. Quando ela volta ele já chegou, porque ele trabalha todo dia.

Mas não o dia inteiro. Tem cem mil dias que o Mauro trabalha, o Miguel tem cem anos, eu não tenho nada, sou só a doida doidinha.

Quando eu volto ele me dá um abraço e me pergunta da cachoeira. Coça a cabeça da Maura como se ela fosse a Gonorreia.

Au. Au au.

Eu sempre conto alguma história, porque de dia na cachoeira ninguém morre. Uma pena. Corpo morrido é bonito.

Lenga lalenga lagosta laguê.
Uma música favorita que eu tenho.

No dia vermelho eu não disse nada, porque era noite e ventava e ele nem soube, porque o barulho do vento não deixa ninguém ouvir mais nada. No dia do caminhão eu não disse nada porque nem sou permitida de andar pro lado do Arroio que é longe demais e se o homem do caminhão não disser nada eu também não digo. Mas foram as minhas tetas que mataram o Sebastião.

Eu acho justo. Elas são bonitas, ó.

Ainda mais em dia ventoso, como era aquele. Já faz décadas, mas eu lembro. Eu lembro como é a sensação do vento ventando as tetas friozinho ui ui.

Todo mundo tem medo do vento, menos a zoiuda. Quando foi de manhã e ele me perguntou se eu dormi bem, eu não olhei o olho dele enquanto ele falava.

Eu só olhei a mesa de madeira que ficava separando eu e ele, mas não adiantou nada porque o vermelho continuou passando na minha cabeça como se fosse uma televisão pra eu assistir.

Um corpo pulando só de gravata.

O caminhão fazendo o maior barulho poooooooooooou.

Um corpo caindo.

Um corpo esmagado.

A água escorrendo.

O sangue no chão.

O corpo caindo.
A pedra.

O caminhão paradinho como se não pesasse dez milhões de toneladas.
O Sebastião.
Os intestinos do Sebastião do lado de fora.

O diretor da usina, tem nome não?

O Mauro só me deixa ter um esmalte de cada vez e eu sempre escolho o vermelho.
Assim ó.

A gente compra na farmácia, que fica do outro lado do mundo, sete horas de ônibus ouvindo uma música ruim que faz doer a minha cabeça.

Todo ônibus tem freio?

Me diz.

Tem?

O Mauro dá o cu pro Julião.
O Julião não é daqui, é do trabalho dele.

Eu também quero, mas ninguém quer comer o meu. Só na frente. Buceta. Bucetinha.

Bolina

a boboca

borboleta

borrachuda.

Gonorreia não quero.

Alguém que me coma eu quero.
Quero sim.

Quer quer a Maura, Maurinha? Ela quer quer.

Se você quer, tome.

O Mauro é muito amigo do Paulo, eu acho bonito, porque quando a gente é muito amigo de uma pessoa, a gente pode rir de tudo junto, aqueles dentes todos querendo pular da boca. Eu queria que a namorada do Paulo fosse minha amiga, minha melhor amiga ela é toda bonita, tão fininha. Mas já deve que tem as amigas dela, do mundo dos ricos.

Às vezes o olho fica molhado de tanto rir e a barriga dói, eu só vejo o Mauro rindo assim quando o Paulo conta alguma coisa engraçada e nem sempre eu sei por que que é engraçada, nem sempre eu entendo, mas mesmo assim ele ri.

O resto do tempo ele é todo sério, a testa enrugada feito velho que não enxerga tentando ler um recado.

Qshhh.

Qshhh. Qshhh.

O Mauro é tão bravo que às vezes o dentro dele faz barulho, um ronco reclamado, um cachorro rosnando sem rabo.

Cachorro com rabo é só em Candeia. Na estrada eu já vi uns também. Os daqui cortaram todos, o bicho nasce e vem alguém com a tesoura enfogueada, que é pra não inflamar ou dar bicho.

Aqui na Capivara são seis cachorros agora, mas a Martha tá de barriga, então logo vão ser doze ou quinze e depois de novo seis, porque a Cícera zoiuda não aguenta os bichos e arruma dono pra eles.

Isso é o que ela diz.

Mas pode ser que enfie tudo dentro de um saco. Pode ser que jogue tudo na parede, batendo igual mingau.

Os filhotes sem rabo chorando gritando querendo as tetas da mãe.

Qshhh. Tudo morto.

Eu gosto da Cícera mas tenho saudade da Teodora. Alumiada, abençoadinha. Todas as duas cuidaram de mim, mas a Teodora cuidou mais.

Eu também fui filhote chorando, gritando, querendo as tetas da mãe. Mas eu tive destino melhor que os cachorros da Capivara.

Tive?

Eu tive? Maura teve o quê? Maura teve nada.

Ninguém enfiou ela num saco ou deu fim. E se tinha alguém pra fazer isso era o Mauro, porque ela matou a mãe dele. No mesmo dia que matou a dela mesma.

Minha mãe.

E esse dia foi o treze de fevereiro de dois mil e um. Já faz milhões de anos, asteroides. Meteoros.

Eu nunca vou esquecer, mas se esquecer, também, é só ir lá no cemitério de Candeia e ler o nome dela escrito na placa de metal escuro, e esse dia aí bem ao lado de uma cruz.

Cruz é o dia que a gente morre. Estrela é o dia que a gente nasce.

E se eu me esquecer do dia e ninguém puder me levar no

cemitério e eu estiver sem dinheiro do ônibus, é só abrir a terceira gaveta da cômoda da sala e procurar o papel que chama certidão de nascimento.

Esse papel diz que eu não tenho pai e também diz que eu nasci no dia treze de fevereiro de dois mil e um.

Eu como bolo no dia que matei a minha mãe. Menos quando o Mauro não me dá, mas ele quase sempre dá. E de noite cada um chora no seu quarto, porque o dia do meu aniversário vai ser sempre o dia que ela morreu.

Branca.

Sem sangue, porque saiu tudo junto comigo, foi como se eu tivesse me agarrado por dentro da barriga dela, as unhas grudadas.

Eu saí levando pedaço e aí ela sangrou, sangrou vermelho e morreu branca.

Branquinha.

O meu cabelo cresce muito rápido e o Mauro diz que eu mesma que tenho que cortar, mas eu não tenho olho atrás.

Pelo menos não todo dia, mas às vezes sim.

Shuf shuf é o barulho da tesoura correndo os cabelos.

Qshhh é o barulho da tesoura correndo a minha pele.

193

Branquinha.

Branquinha.

Branquinha.
Eu vermelha, Maurinha, vermelhinha.

O chão não.

Eu prefiro os meus cabelos bem compridos, a Maura fica linda. Se eles fossem vermelhos, seriam a coisa mais maravilhosa, mas são não. A Teodora que cortava quando eu era criança, faz mais de cinco séculos. Depois a Zoiuda.

Os cachorros são de todo mundo e de ninguém, eles dormem nas portas das casas, ou se enfiam pela cozinha, ou ficam dias inteiros sem aparecer, mas sempre voltam.

O Tripa é meu. Gonorreia também.

Os outros eu não ligo, mas o Tripa sim.
O desgraçado já ficou mais de quinze dias, mais de vinte anos sem eu ver, voltou todo estropiado, a orelha sem um pedaço, a fuça arregaçada e as costelas querendo rasgar a pele dura de rinoceronte.

Ficou uma semana dormindo na minha cama e me prometeu que nunca mais ia sumir e não sumiu nunca mais.

O Tripa é dela.

Trepa-trepa.

Trepa.

Trinca. Tranca. Transa.

Os outros somem, mas o Tripa fica aqui. Meu rinoceronte favorito.

Eu vejo nos olhos dele que ele quer sumir também, mas

promessa de cachorro também vale, e quando os outros vão caçar as cadelas no cio, as cadelas sangrentas, ele geme

ai ai ai

chora

murcha todo debaixo da mesa

mas não vai, nunca foi.

O Tripa já tem trinta e dois anos, ele me disse, e nenhum cabelo branco.

A Maura tem catorzinho.

Na usina tinha cachorro também, mas os bichos desapareceram junto, na madrugada maldita da corrente na porta.

Cadeado cachorro cabelo caralho.

Ficou de manhã, o sol chegou e eles não, e ninguém nunca mais viu, nenhum dos dois cachorros que tinha ali e o resto todo de gente.

A usina engoliu, todo mundo sabe, mas ninguém quer falar.

Eu falo. Maura fala. Maura sabe. Maura doida, doidinha.

Eu grito na boca da usina cheia de torre que engole cachorro que mata gente e que multiplica o vento. Pra que que serve um lugar de guardar vento? Quem é que quer guardar o vento que enlouquece a gente?

Ainda bem que acabou. Sumiu.

Torre. Torrada.

Touro.

Tesão.

Todo mundo diz que a torre é grande, que a torre é enorme, mas não é, são quatro pequenas, quase nada.

Eu não tenho o medo que todo mundo tem. A Maura não.

A Cícera rezando já nem me chama pra almoçar, zoiuda do caralho, a Cícera. A Teodora é que era boinha. Mas morreu.

O Miguel Sem-fim já tava morto se não fosse imortal, é pacto.

Eu só posso rir, eu fico rindo, rindo, eu tento rir mais, mas não tem ninguém pra rir comigo e aí eu tenho que parar antes de a barriga doer ou o olho molhar e rir sozinha não tem graça. A Maura chora. Eu queria a Alma da minha amiga, ela até já me sorriu, mas conversar muito não.

Qshhh.

Mas eu sou Maura e nunca tô sozinha. Sozinha nunca, eu nunca tô.

Eu sou Maura, a usina tem medo de mim e todo mundo tem medo dela.

Nunca entrei lá, porque me falaram que não, a voz disse não vai, não entra, corre.

Corre longe, corre logo e corre rápido. A Maura corre todo dia um pouco.

A Maura colocou um pano preto enorme na janela do quarto, já não vejo as torres malditas que fazem vento e nem preciso ver pra saber que elas estão diminuindo.

Quando desaparecerem eu tiro o pano e devolvo pra Cícera zoiuda, ela disse que era pra fazer toalha de mesa, mas nunca teve tempo, eu falei que eu podia ficar com a neném pra ela fazer e ela cuspiu a água que tava bebendo e depois riu e colocou as mãos dedudas nas minhas costas e disse um dia um dia, menina Maura Maurinha e já foi me empurrando pra porta e eu ouvi ela contando pra Méuri, imagina.

Se ela soubesse como eu cuido de neném, tem gente que bate, tem gente que deixa chorar, tem gente que puxa cabelo de neném que tem cabelo, tem gente que mastiga e arranca pedaço, mas eu não, eu só cuido, abraço apertado, apertado abraço, mas se ela não quer foda-se.

E lâmina.

E café morno. E shhh.

Quem morreu tá debaixo da terra e quem tá vivo não.
Quem morreu vira comida de verme branco pegajoso.
E quem tá vivo, quem tá vivo também.

A Maura também.

Outro dia eu acordei e tinha um verme branco, muito gordo, comendo a ponta do meu dedão do pé.

Ele era tão grande, enorme, que a boca aberta dele conseguia cobrir o meu dedão inteiro.

E meu dedão não é pequèno, eu não sou pequena, o verme também não era.

Eu abri os olhos e olhei pra ele que tinha mais de mil olhos, me olhando todos, e parou de mastigar o meu dedão para gargalhar bem alto na minha cabeça e enfiou de novo os dentes no meu dedão.

Foi comendo a carne toda em volta da unha, que tava pintada de vermelho igualzinha às outras.

Ainda tá.

Qshhh.

O cemitério não é perto e, mesmo assim, o Mauro me faz ir lá tantas vezes que nem sei. Ele leva flores e fica chorando em frente à pedra:

mãezinha,

mãezinha,

mãezinha.

Ela não responde, porque não é toda pedra que fala.

Foi bem perto da minha mãe que enterraram a Teodora, coitada, era feia de doer, a cara toda peneirada de verruga e os olhos escondidos por trás de uma pele molenga parecia sempre sonâmbula, mas diz que enxergava por baixo daquelas muxibas, eu é que não sei.

Mas era boinha. Abençoada.

Cuidou de mim.

A pedra dela é bem perto da pedra da minha mãe, então eu sempre vejo o velho Sem-fim no cemitério, ele gostava da Teodora. Todo mundo gostava da Teodora. Mas ele mais.

Coitado.

Ele falava todo dia obrigado obrigado obrigado, não morre, mas ela já morreu.

E agora tá todo mundo naquele cemitério que nunca vai ninguém porque o homem.

O homem Sebastião morreu de caminhão e todo mundo parou, tem morte que é mais morrida que as outras e eu tava quieta com o Tripa esperando o Mauro falar mãezinha mais de quinze vezes quando passou o velho imortal e depois eu continuava quieta e o meu cachorro também e todo mundo levantou as orelhas,

o Tripa
o Mauro
o velho Sem-fim,
porque foi chegando a multidão de choros pelo homem. Toda a água do mundo inteiro.

A morte dele mais importante, a mulher dele berrando mais alto que todo mundo, como se fosse pra gente saber que ela tava doendo mais que todo mundo.

Mas eu já sabia que ele tinha morrido porque eu vi ele morrendo lá do alto.
Agora isso, eu dei pra ver os outros morrerem.

Tava lá, tetudinha, o homem do caminhão olhou pra mim.
Não sei se achou que eu era gostosa ou assombração.

Tremeu.

O pé fugiu do freio.

O caminhão no Sebastião.

E pou.

Eu já falei com o Tripa,
já falei com a coelha
e já falei com o Mauro

que quando eu morrer não quero ir pra debaixo da terra,
um caixão é um espaço muito apertado e eu preciso esticar os
braços por cima da cabeça para a fumaça sair, senão fica tudo
cheio cheiinho de fumaça e com fumaça não dá pra enxergar
e não dá pra respirar

a coelha concordou,
o Tripa concordou,
mas o Mauro fica dizendo pra eu não falar bobagem.

Nunca vi tanta flor junta e as pessoas colaram palavras em
cima das flores, sem saber, coitadas, que a primeira coisa que os
vermes comem são os olhos, porque são molhados e macios.

Sou molhada e macia.

O Mauro não me deixa falar disso, mas eu sou.

Todos os pernilongos da Capivara moram na minha casa. Maura maciazinha gostosa, eles querem me chupar. Eles ficam esperando a hora de dormir pra voar todo mundo em cima de mim.

Como se eu fosse um pedaço de carne ou uma porção de sangue e nada mais.

Quando você apaga a luz e fecha os olhos você escuta muito melhor e é bem nessa hora que dá pra ouvir o zum-zum-zum dos pernilongos bem perto da minha cara. É bem nessa hora que eu começo a dar uns tapas bem rápidos bem na minha cara, porque aí eu mato uns dois ou dez espremidos entre a minha mão e a minha cara.

Deve ser bom morrer assim metido entre as peles da Maura.

Eu queria ser um pernilongo e morar no quarto da Maura e morrer na mão da Maura, mão quente. Ou não morrer nunca e ficar zum-zum-zum no ouvido até ela ficar bem louca e gritar

cala a boca agora o sangue é meu todo meu não enfia zum--zum-zum aqui

cala a boca agora

e quando eu grito assim o Mauro entra correndo e segura os meus braços fingindo que é um abraço mas eu não sou burra, nem boba. Ele finge que é abraço, mas não é.

Eu sei que tá é me segurando como se eu fosse fazer alguma coisa burra, como se eu fosse machucar alguém ou sair voando feito pernilongo. Tudo o que eu vou fazer é enfiar a mão na minha própria cara, eu mato um, dois ou dez zum-zum-zuns e depois eu paro de gritar.

E depois eu grito de novo.

Já faz uns dias que a Cícera não passa aqui.

A Cícera zoiuda sabe muito de cozinhar e não é que eu não sei fazer comida, o Mauro também sabe, mas a Cícera gosta de vir aqui e deixar um pratinho muito bom bonito e temperado.

Já tem muitos dias que eu não vejo a cara dela, tá enfiada dentro de casa e já falaram que tá doida, enlouquecida, cavando um buraco.

Se eu soubesse rezar eu pedia pra ela não morrer nunca.

Morreu minha mãe, todinha vermelha de sangue, o sangue dela que escorria perna abaixo.

Alguém rasgou a minha mãe por dentro, esse alguém foi a Maura e o Mauro diz que já me perdoou, mas eu sei que é mentira.

Qshhh.

Eu nasci em noite de vento forte e na manhã seguinte continuou ventando e na outra noite também.

É por isso que sou assim, o vento esvaziou a minha cabeça,
virou os meus miolos, o vento endoideceu a Maura e matou a
mãe dela, o vento comeu tudo.

Qshhh qshhh qshhh qshhh qshhh.

Qshhh é o barulho da tesoura.

Coxa. Braço. Abraço.

Eu tenho um coelho, que é uma coelha, ele tem as orelhas compridas como qualquer outro coelho que não seja aleijado.

Ele tem o nariz que parece solto do resto da cara porque mexe o tempo inteiro cheirando o vento, mexendo mexendo.

A minha coelha eu não quis dar nome pra ela, porque nome a gente pega amor e coelho não vive assim muito tempo, só duas encarnações ou duas semanas, eles disseram, quando acharam o meu coelho coelha encolhidinho no paredão de pedra, só esperando pra morrer.

Tava magrinho, magrinha, eu falei eu cuido dele alguém falou mas não se apega, coelho não vive muito.

Já faz mais de dez anos, quase cem anos, eu acho que esse coelho é a minha mãe.

O Mauro não acha.
O Mauro namora o Julião, veadinhos.

O Mauro é quem me leva pra comprar os meus remédios.

A gente dá uma volta inteirinha no mundo ouvindo música. Lá do lado de lá tem um médico que come o salário do Mauro, mas tudo o que ele faz é assinar uma receita com o meu nome. Maura Maurinha lagosta laguê.

Canela seca cabana cardume casamento.

Depois tem uma farmácia lá do lado de lá e é só lá que a gente consegue comprar o meu remédio, a pílula branca e verde que vem cheia de areia dentro.

O Mauro já me disse que se eu não tomo eu fico doida, aí ele acha que eu tomo e de vez em quando eu tomo mesmo

mas não é sempre,

tem vez que quem toma é o Tripa,
tem vez que eu enterro e
tem vez que eu enfio no cu.

A pílula branca e verde ou verde e branca cheia de areia e se você sacode faz barulho, é mais ou menos feito a Maura.

Às vezes verde e se você me sacode eu faço barulho.

Cheia de areinha, escorrendo, enchendo a praia.
Eu nunca fui na praia, eu só vi em foto. A Cícera já foi várias vezes e quando alguém pergunta ela ri e diz que não pode

contar o que que é que foi fazer na praia. É claro que ela foi se esfregar em alguém, ficar cheia de areia ela mesma, ficar cheia de alguém dentro dela mesma.

O Mauro não gosta quando eu falo desse jeito, mas eu sei que foi isso, a Cícera inteira com o Sebastião dentro dela. É claro que a Maura sabe.

Muita gente bigode já entrou dentro de mim, bem lá na cachoeira aonde eu vou pra isso mesmo, mas o Mauro acha que não e diz que nunca vai entrar, que eu não posso deixar, Maurinha, presta atenção nisso.

Não deixa que coloquem a mão em você.

Eu quero a mão em mim. No meio das minhas pernas e dentro

Lá dentrinho.

e eu falo isso olhando bem no meio da cara do Mauro e ele olha pro chão e diz que é o remédio que tá faltando e eu digo que não, que o que me falta é homem, bigode.

Qshhh o homem médico não, mas o homem de branco que me vende o meu remédio pode ser. Quase sempre é ele mesmo que tá na farmácia, mas tem vezes que é uma mulher e eu gosto de sentir aqueles cheiros e quando eles me entregam o meu remédio verde e branco cheio de areia dentro eu deixo a minha mão ali esticada, segurando a caixa e o meu dedo feio de unha vermelha encosta um pouco nas mãos deles.

Quando é o homem encosta mais, a mulher de branco nem me olha direito, faz tudo mais rápido, guarda a mão no bolso antes de dar tempo, mas toda vez que o meu dedo encosta em um dos dois sinto um choque dentro de mim, arrepio e eu peço por favor enfia esse dedo dentro de mim

enfia

enguia

vem.

e o Mauro sai me puxando pela alça da bolsa e o meu remédio quase sempre ele cai no chão.

Maura doida, Maura burra.

Quase que não tem nenhuma foto da minha mãe.

O Mauro disse que alguém disse que ela não gostava de tirar foto, ficava encolhida, encostada na parede, enfiada na parede.

Ela gostava mesmo de cantar, e isso o Mauro não precisou de ninguém pra dizer, ele mesmo lembrava a voz dela cantando pra ele.

Se essa rua
se essa rua
fosse minha

E o Mauro era pequeno quando minha mãe morreu, quando eu matei a minha mãe pelo lado de dentro, mas ele não se esqueceu dessa música

Eu mandava
eu mandava
ladrilhar
com pedrinhas
com pedrinhas

Eu acho que ainda falta um grande tempo pra eu morrer, mas pode ser que eu morra amanhã ou pode ser que eu morra hoje mesmo. A Maura defunta.

De bunda.

Pode ser que eu morra agora
pode ser que eu já morri. A Maura morrida.

Quem morre não sente cheiro, e esse lugar fede. Não é a minha casa, é um cheiro que entra pela janela, é um cheiro que tá no ar, todos os dias, o dia inteiro, desde que eu me lembro de cheirar.

A coelha também sente o cheiro, é só olhar o nariz retorcido, infeliz, que você vê que o podre tá entrando na cabeça dela, tá deixando ela doida, já me fez assim.

É cheiro de gente morta, é cheiro de todo mundo que já morreu aqui,

já morreram famílias inteiras,

já morreu a minha mãe,

meu pai nunca existiu, então não morreu

já morreu a Teodora

e muitos velhos todos

já morreu uma bebezinha uma vez, mas é proibido falar disso, é proibido falar de bebês morridos enfiados num caixãozinho branco pintado à mão pelo pai do bebê morrido

já morreu o Sebastião, dia desses, e antes eu sei que morreu o da gravata bem na minha frente. A Maura mentirosa viu tudinho.

O Miguel Sem-fim parece que escuta tudo, qualquer coisa que a gente fala bem baixinho em qualquer lugar ele sabe, fica sabendo e depois dá um jeito de contar pra todo mundo.

Fica lá com aquela cara velha
enrugada
as barbas bem fininhas já brancas no queixo preto pretinho
e tem essa cara de velho que sabe

mas é só um senhor fofoqueiro que não enxerga bem. E fede. Cheiro de pombo.

Já choveu uns pássaros aqui, mas não era pombo, era urubu, veio um monte voando cheirando carniça e as usinas girando girando e trombaram todos e começou a chover os pedaços de urubu nas nossas casas

Cabeças

Cabaças.

O Miguel correu, ele escuta tudo
e não vai morrer nunca.

Ele já quer morrer, ele quer, ele me disse e também já gritou olhando pro céu

me leva daqui pelo amor de deus me leva daqui

mas ninguém levou.

O Miguel fedorento é quem tomava conta da usina quando era noite, tinha outros vigias também, mas nenhum era daqui e nenhum nome eu sei.

Só sei o do Miguel, Miguel Sem-fim, o velho doido que não vai morrer.

Ele morre de medo do vento, eu sei porque ele me disse e também já gritou olhando pro céu

vai embora Vazio
você não vai me levar
e já gritou que o vento deixa as pessoas doidas

E eu acho que é isso que a gente tem em comum, o mesmo vento, um monte de noites por ano e todo mundo tem um pouco de medo do vento porque ele entra na cabeça da gente. Maura inventadeira.

A única que não tem é a Cícera zoiuda, que fica lá fora quando venta.

Ela diz que tem muito mais medo de gente do que de vento. A Maura não.

O Mauro acha que não sei que ele guarda uma garrafa enorme de cachaça dentro da gaveta de cuecas.

Dentro do armário.
Dentro do quarto.

Mas eu sei.

A garrafa fica lá enorme, cheinha e, se por acaso ela esvazia, não demora muito e ele coloca uma outra no lugar, bonita e brilhante que nem a outra.

Às vezes a garrafa me chama.
Às vezes eu finjo que não escuto
às vezes eu vou.

Maura vem, Maura vai.

O gosto da cachaça é horrível, queima goela abaixo, me arde inteira, mas o carinho que a cachaça faz na minha cabeça eu gosto.

Uma vez eu perdi a conta dos goles, porque cabeça feliz não conta, não concentra, só dança levinha por aí.

Dancei

gritei

rodei

caí

depois o chão rodou também.

Dormi e acordei com o cheiro azedo do meu cabelo vomitado, amarelo com pedaços de feijão. Acordei com o olho de Mauro em cima de mim e a garrafa em cima da mesa.

O homem a gravata tava tão na pontinha, tão na beiradinha, olhando pra baixo, fazendo a água crescer com suas próprias águas,

os olhos molhados
os olhos pingando
ele não via nada em volta, só olhava o poço
o buraco imenso que a natureza, essa bruxa, fez.

O pau pendurado igual a gravata.

E é a cabeça da gente que vai dizendo o que fazer e aposto que a cabeça dele gritava pula, pula, pula logo e a minha garganta eu acho que gritava também pula,

pula desgraçado,

morre afogado aqui bem na minha frente,

desaparece,
leva com você a desgraça que você trouxe,

leva as torres,

leva o triste,
pula, desgraçado,

o poço é fundo e não tem fim,

pula pra você ver

pula
e ele pulou.

Quem é que vai ser que vai morrer agora?

O lugar onde eu vivo é quente de dia e muito frio quando
é noite.

O sol arde e derrete e o vento congela.

O sol frita o meu cérebro, pra depois o vento comer.

O Mauro acha que eu uso manga comprida porque os meus braços são feios.

Eles não são.

A Maura gostosa.

São muito, são muito mesmo machucados. A Maura que machuca.

Todos os dias eu gosto de ver o sangue que brota da pele
primeiro
pouco
quieto
e depois grosso feito rio
escorrendo vermelho
pingando no chão do banheiro
logo antes de a água do chuveiro vir lavar tudo pra ninguém
saber do sangue que eu sangrei.

E eu gosto do sangue que depois vira uma casca escura e
dura e crocante que gruda no dente e não tem gosto de nada.
A casca que depois fica mole
macia
na água quente

E eu gosto da marca que fica depois
a pele que não sente direito
e que não é da mesma cor do resto do braço
é sempre um pouquinho mais escura
e um pouquinho mais grossa
e dá pra fazer desenhos no braço com uma tesoura
desenhos vermelhos
depois pretos
depois desenhos cor de pele escurazinha

a Maura artista.

Uma tesoura de desossar frango colada com fita adesiva embaixo da pia.

O Mauro acha muita coisa e sabe de pouco, e o barulho
da tesoura no braço é qshhh. Qshhh qshhh como se não fosse
carne mas é.

Qshhh qshhh qshhh, assim.

Assim, ó.

Quatro esquinas e nenhuma esperança.

Tudo ali acaba no umbigo dos loucos.

ESTA OBRA FOI COMPOSTA POR ACOMTE EM ELECTRA E IMPRESSA EM OFSETE
PELA GRÁFICA CORPRINT SOBRE PÓLEN NATURAL DA SUZANO S.A.
PARA A EDITORA SCHWARCZ EM MAIO DE 2024

A marca FSC® é a garantia de que a madeira utilizada na fabricação do papel deste livro provém de florestas que foram gerenciadas de maneira ambientalmente correta, socialmente justa e economicamente viável, além de outras fontes de origem controlada.